Patrick Boman

Peabody geht in die Knie

metro wird
herausgegeben von
Thomas Wörtche

Zu diesem Buch

Ein makabrer Leichenfund sorgt für Unruhe auf dem Basar der Stadt in Hindustan, in der Inspector Peabody seinen Pflichten als Diener des Empires nachgeht: Im Trog des frommen Färbermeisters Sid ul-Cheyr schwimmt der nachtblau eingefärbte Rumpf eines Unbekannten. Schwitzend und fluchend nimmt der schwergewichtige Inspector in der Hitze der Gangesebene seine Ermittlungen auf. Doch bei seinem Versuch, Licht in den Fall zu bringen, stößt er in höchsten Kreisen auf Widerstand …
Peabody lässt sich weder von einer korrupten Verwaltung noch von fanatischen Sektierern beirren. Zwischen regelmäßigen Wutanfällen und seinen geliebten scharf gewürzten Mahlzeiten mäandert der unförmige Beamte durch eine Szenerie, in der die Absurdität des Kolonialismus mit Händen zu greifen ist. Mit Unbestechlichkeit, Witz und unvermutet durchbrechender Warmherzigkeit versucht Peabody auf seine Art, im Chaos ein wenig Ordnung zu stiften.

Der Autor

Patrick Boman wurde 1948 als Kind eines schwedischen Vaters und einer französischen Mutter in Stockholm geboren und wuchs in Frankreich auf. Er lebt und arbeitet in Paris. Die stets fesselnden und gewitzten Bücher des viel gereisten Erzählers und Indienkenners haben in Frankreich bereits ein breites Publikum erobert.

Im Unionsverlag ist außerdem lieferbar: »Peabody geht fischen«.

Mehr über Buch und Autor im Anhang
und auf *www.unionsverlag.com*

Patrick Boman

Peabody geht in die Knie

Aus dem Französischen von
Stefan Linster

Unionsverlag

Die Originalausgabe erschien 2000
unter dem Titel *Peabody met un genou en terre*
bei Le Serpent á Plumes in Paris.
Die deutsche Erstausgabe erschien 2006
unter dem Titel *Peabody beugt das Knie*
im Zebu Verlag, Frankfurt am Main.

Im Internet
Aktuelle Informationen,
Dokumente, Materialien
www.unionsverlag.com

Unionsverlag Taschenbuch 406
Diese Ausgabe erscheint mit freundlicher Genehmigung
des Zebu Verlags, Frankfurt am Main

Rieterstrasse 18, CH-8027 Zürich
Telefon 0041-44-283 20 00, Fax 0041-44-283 20 01
mail@unionsverlag.ch

Reihengestaltung: Heinz Unternährer, Zürich
Umschlaggestaltung: Theres Rütschi
Umschlagfoto: Jeremy Horner/CORBIS
Druck und Bindung: Clausen & Bosse, Leck
ISBN 978-3-293-20406-5

Die äußeren Zahlen geben die aktuelle Auflage
und deren Erscheinungsjahr an:
1 2 3 4 5 - 10 09 08 07

Erstes Kapitel

Plötzlich stieß der halbnackte Knabe, der in einem Färbertrog Wolle umrührte, einen gellenden Schrei aus und zog hastig die Stange heraus. Voller Entsetzen rollte er die Augen, dass das Weiße sichtbar wurde. Ein Körper ohne Kopf und Gliedmaßen war soeben in dem indigoblauen Gebrodel aufgetaucht. Die Reiser prasselten, fachten die Hitze ringsum noch an, während Blasen an der Oberfläche wirbelnd zerplatzten. Das Kind brüllte: »Babudji! Babudji! Kommen Sie schnell!«

Ein triefäugiger Mann unbestimmbaren Alters tauchte, auf einwärts gerichteten Füßen, im Halbdunkel auf, das allein von dem knisternden Feuer unterm Trog erhellt wurde. Mit einem schwarzen Fingernagel kratzte er sich durch den *Dhoti,* seinen Lendenschurz, das Geschlecht und wischte sich dann die Stirn mit seinem unsauberen Turbanzipfel ab, ehe er den Bengel anfuhr: »Was ist denn jetzt schon wieder? Warum störst du mich, oh Witwensohn?«

Und schon hob er eine seiner knotigen Hände. Das Kind wich zurück, wobei es sein Gesicht schützte und auf den Trog wies. Beim Anblick des menschlichen Rumpfs, der im Übrigen nichts Menschliches mehr an sich hatte, breitete der Färber lamentierend die Arme aus: »Hab ich das verdient? Oh Allah, oh Prophet! Eine Leiche! Hilf mir, sie da rauszuziehen! Lösch das Feuer! Die ganze Wolle ist hin! Das ist deine Schuld! Wer hat mir bloß einen derart linkischen Dummkopf angedreht? Deine Mutter wird dich zurücknehmen müssen! Du wirst nach Hause gehen, um in deiner Hütte vor Hunger zu krepieren!«

Der Lehrling, ein ganz kleiner und zarter Junge von vielleicht sechs oder sieben Jahren, mit wachem Blick und dunkler Haut, brach in lautstarkes Schluchzen aus: »Verzeih, Babudji, verzeih!«

Grünlicher Rotz lief ihm über die Wangen.

Jammernd löschten sie das Feuer. Wo doch das Holz so teuer war!

Der gekochte und nachtblau eingefärbte Oberkörper mit aufgeplatzter Haut war der eines mageren, eher unbehaarten Mannes. Das Geschlecht beschnitten. Kopf und Glieder waren mit Geschick abgetrennt, ohne Fleischfetzen stehen zu lassen, die herabgebaumelt wären – davon abgesehen wies der Körper keinerlei sichtbare Verletzungen auf.

Die Hitze in der Ganges-Ebene hatte, in Erwartung der Regenzeit, ihren Höhepunkt erreicht. Überall auf den Terrassen lagen die zum Trocknen ausgebreiteten Stränge zwischen einem Sammelsurium aus entzweigegangenen Gurtbetten herum. Das Orange, Scharlachrot, Smaragdgrün, Indigoblau und Safrangelb der Wolle hob sich gegen das krümelige Weiß der gekalkten Erde ab. Durch die in die gewölbten Dächer einer jeden Werkstatt gebrochenen Öffnungen zog Rauch ab.

Krächzende Raben hüpften auf der Stelle. Ein aus einer Hindustraße kommendes Kalb kaute an einer Zeitungsseite, während es sich mit dem Schwanz die Flanken schlug, um die Fliegen fernzuhalten. Die Nachricht von der Entdeckung einer Leiche im Trog des Färbermeisters Sid ul-Cheyr hatte sich bereits wie ein Lauffeuer verbreitet, und das Viertel war schon bald darauf unter lautem Johlen zusammengelaufen. Die Müßiggänger strömten wie elektrisiert herbei, während die Handwerker von ihrer Arbeit abließen. Sie schubsten einander mit den Ellbogen, traten sich gegenseitig auf die Füße, um das Abscheuliche besser sehen zu können, und stießen dabei schrille Rufe aus. Schwarz verschleierte Frauen – auf Augenhöhe in ihre Purdahs gearbeitete Netze erlaubten ihnen ein wenig Sicht – ohrfeigten lärmende Bälger. Selbst die Alten mit den hennagefärbten Bärten konnten sich, gleichwohl sie sich um ein würdevolles Gebaren bemühten, nicht beherrschen und stürzten sich ebenfalls ins Getümmel. Ein von der Lepra geschlagener Bettler, dem bereits die Fingerglieder abfaulten, nutzte die Gunst der Stunde, um unter großem Geschrei Almosen zu heischen, wobei er sich unverschämt an denen rieb, die er bestürmte. Am Eingang der Werkstatt stand barfüßig ein Polizist mit mächtigem schwarzem Schnurrbart, bekleidet mit Wickelgamaschen, khakifarbenen Shorts und Uniformhemd, und drängte die Gaffer zurück, indem er gelegentlich seinen langen Bambusknüppel auf den Schädel eines allzu aufgeregten Neugierigen niederfahren ließ, der daraufhin laut aufkreischte, ehe er sogleich einen neuerlichen Versuch unternahm. Auf der Stirn des Polizisten prangte die mit Zinnober aufgemalte Tikka, die seine Zugehörigkeit zu einer Kaste bezeugte. Drinnen fuchtelte ein weiterer Gesetzeshüter, skeptisch dreinblickend, mit seinem Schlagstock herum.

»Sid ul-Cheyr Babudji, da haben Sie sich aber in einen ganz bösen Schlamassel geritten. Warum haben Sie denn diesen Menschen in Ihrem Laden enthauptet? Selbst wenn er einer Ihrer Gläubiger war! Wie bedauerlich … Tss, tss, tss.«

»Aber ich hab doch mit der ganzen Sache überhaupt nichts zu schaffen – es war doch dieser Bengel, der ihn entdeckt hat.«

»Das erzählen Sie dann mal dem Inspector Sahib. Auf gehts!«

Mit melancholischem Blick schüttelte der Polizist den Kopf und kaute dabei auf seinem Betelpfriem. Er spie einen langen roten Schwall aus, der gegen eine Wand klatschte.

Und während die Menge sich unter viel Geschrei gegenseitig fast niedertrampelte, um den gekochten Rumpf zu erspähen, den man gerade auf einen Handkarren lud, dirigierte der Polizist den Färber zur Tür, indem er ihm freundschaftlich mit dem Schlagstock in die Rippen knuffte. Derweil saß der Junge am Boden und heulte Rotz und Wasser.

Das Porträt der Königin Victoria, auf dem sie, mit traurigen Hängebacken, als diamantenbekrönte Kaiserin von Indien in einem von Orden gespickten Kleid abgebildet war, starrte von Fliegendreck. Sechs uralte Gewehre standen in Reih und Glied in einem Gestell. Auf einem wackeligen Tisch lag ein staubiger Federhalter neben einem Tintenfass; eine mit einem Faden versehene Matratzennadel steckte in einer Akte, aus der Hunderte von Seiten quollen.

Der einzige Sessel knackte unter dem Gewicht des Inspectors Josaphat M. Peabody, als dieser seine zweihundertfünfzig Pfund darin breit machte; hochroten Gesichts nuckelte der um die Sechzigjährige, noch ganz benommen nach seinem Mittagsschläfchen, an einem Zigarrenstummel und wusste die Monate friedlicher Ruhe, die ihm bis dahin vergönnt gewesen waren, nachträglich in ihrem wahren Wert zu schätzen.

»Eine zerstückelte Leiche, die auf dem Basar der Färber in einem Trog gekocht wurde!«, tobte er auf Hindustani. »Für ein Land von Vegetariern wisst ihr euch wahrlich zu helfen! Ich hoffe, ihr Burschen habt nicht wieder zu viel Charass geraucht!«

»Hanf? Nein, nein.«

Die beiden uniformierten Polizisten überschlugen sich in Gesten der Verneinung.

»Hat sich dieser unselige Färber aus dem Staub gemacht? Und der ganze Markt wird zu seinen Gunsten aussagen? Seht euch nur vor, ihr Burschen, seht euch nur vor!«

»Im Gegenteil, wir haben den Färbermeister dingfest gemacht, Inspector Sahib, und wir haben die Leiche im Hof abgelegt, weil sie nicht sehr gut riecht.«

Der Engländer erhob sich und stieß die altersschwache Tür auf, die auf einen von Unrat übersäten Hof ging. Zwei Raben mit glänzenden Schnäbeln flatterten langsam hoch. Die menschlichen Überreste waren auf Bretter gebettet worden. Ein räudiger gelber Hund mit abgerissenem Ohr machte sich an dem bläulichen Rumpf zu schaffen und legte gerade eine Rippe frei. Er knurrte. Der Inspector verpasste ihm einen Fußtritt, wobei er fast noch gebissen worden wäre, und brüllte:

»Ihr Hornochsen!«

Dann ging er zurück in die Schreibstube und schrie auf Englisch: »Bringt mir diesen gottverdammten Färber her!«

Der Mann erschien mit verschwollenem Gesicht, das er sich mit seinem schmierigen Turban betupfte, und schreckte zurück, als er den Briten erblickte. Seine Probleme konnten sich nur verschlimmern, wenn ein Vertreter der Verwaltung, des Daftar, auftauchte, oder einer dieser Leute vom Handelsregister, die immer zur Stelle waren, um die Söhne Adams zu plagen. Und von diesem Dicken da, mit seinen kleinen, tiefliegenden blauen Augen und den gelben Zähnen, von dem hatte er schon gehört … Dem geriet man besser nicht in die Pfoten.

Peabody wandte sich in Hindustani an ihn: »Nur keine Angst. Wie lautet dein Name? Rede!«

»Sid ul-Cheyr lautet mein Name.«

»Na komm, erzähl mir alles, wie einem Vater. Wie ist diese Leiche zu dir gelangt? Möge dich dein Gedächtnis nicht im Stich lassen. Du trägst einen schönen Namen, oh Mehrer-des-Heils, ich hoffe, du wirst ihm keine Schande machen. Lass nichts aus, Meister der Farben …«

Der Färber wischte sich mit der Hand die tränenden Augen: »Spotten Sie nicht über einen Unglücklichen. Ich weiß nichts! Die Wasserträger haben den Trog erst heute früh Schlauch um Schlauch unter meiner Aufsicht gefüllt, anschließend habe ich das Indigo hineingetan, dann hab ich das Feuer angezündet, und da lag die Leiche noch nicht drin. Fragen Sie den Bengel. Ich hätte doch keinen toten Mann gekocht – wie einen Hund von einem Chris …«

»Einen Hund von was? Ich glaub, ich habe Ohrensausen, oh Herr der Regenbogen. Du wirst bis auf weiteres im Gefängnis bleiben. Wegen Unterschlagung von Beweismitteln. Aber du hast Glück, man wird dich nicht anketten. Und hör auf, dir die Eichel zu kratzen, wenn ich mit dir rede. Bist du etwa ein Berdache, einer von diesen Weibsmännern? Erregen dich Dicke?«

Sein Doppelkinn bebte, als der Inspector sein Gegenüber mit einem obszönen Kreisen des Beckens bedachte, ehe er sich den beiden Polizisten zuwandte: »Und ihr? Wer hat euch gesagt, dass ihr ihn schlagen sollt?«

»Er war verdächtig, also …«

»Rohlinge! Und dieser Bengel, habt ihr den etwa nicht mitgebracht?«

»Wer würde der Aussage eines Kinds Glauben schenken?«

»Sperrt mir den da ins Loch, und dann hol mir einer von euch den Lehrjungen her. Macht voran! Schnell!«

Peabody hatte das verbotene Wort ausgesprochen. Einer der Polizisten brach im Laufschritt zum Markt der Färber auf, wobei er die ganze Zeit das Wort »schnell!« vor sich hin grummelte. Er verfluchte den Inspector und all die Ingiriss mit ihren hochroten Gesichtern, die es immerzu so widernatürlich eilig hatten, ihre gottlosen Werke zu verrichten, und die es schlicht nicht zulassen wollten, dass die Mäander der Zeit einfach dem Lauf der Tage und Jahrhunderte folgten und sich von selbst entwickelten – sollten sie doch als Schweine wiedergeboren werden!

Die Ingiriss – so benannte man im Dialekt der hiesigen Gegend die Engländer, eine Abwandlung des aus dem Portugiesischen stammenden Wortes *Angrez*, das zwar gehobener war, aber von niemandem benutzt wurde.

Von einem Polizisten gefolgt, trat der Färber schlurfend, die Füße einwärts gerichtet, den Gang zu seiner Zelle an. Da Peabodys Gedärme knurrten, zündete er erneut seinen Zigarrenstummel an, nachdem er ihn mit der Zunge befeuchtet hatte.

»Ich verbiete euch fortan, ihn zu schlagen. Das ist kein Übeltäter. Lassen wir ihn schmoren, bis er sein Gedächtnis wiedererlangt. Du da, ruf mir einen Kuli. Und ladet diese Leiche auf eine Karre.«

»Mit Verlaub, Inspector Sahib, dafür müssen Sie jemand anderen auftreiben. Ich jedenfalls werde diese Leiche niemals anrühren, das wissen Sie doch auch. Ist Ihnen bekannt, wie lange die Reinigungszeremonien dauern würden, die ein Thakur wie ich nach einer solchen Befleckung vollziehen müsste?«

Peabody seufzte resigniert: »Ich weiß, du bist edel und stammst aus der Kriegerkaste, was dir auch erlaubt, ohne Gesichtsverlust die Uniform Ihrer Majestät zu tragen. Und welchen Gewinn ziehst du daraus?«

Peabodys Seufzer endete in einem langen, klebrigen Husten. »Na, dann ruf eben nach Kulis, und schafft ihn dann ins Krankenhaus.«

Daraufhin kritzelte er zwei Zeilen. »Die Nachricht hier gibst du dem Arzt.«

»Aber er ist doch tot … Warum einen Toten behandeln? Gibt es denn nicht genug Lebende, die ärztliche Pflege benötigen?«

»Gottverdammt! Wie lange hast du schon die Ehre, in der Polizei des British Raj zu dienen?«

»Dreizehn Jahre.«

»Dreizehn Jahre! In dreizehn Jahren hat Alexander der Zweihörnige, der Makedonier, ja, Iskandar Dhu'l-Qarnain höchstselbst, die gesamte bekannte Welt erobert!«

Des Inspectors Finger legte sich auf das an der Brust des Polizisten festgeheftete Abzeichen, der vor dieser zwar geringfügigen, doch realen Befleckung – von einem Engländer, also gewissermaßen von einem Paria berührt zu werden – zurückfuhr und das Gesicht senkte.

»Dreizehn Jahre, und noch immer kennst du die Bedeutung des Wortes *Autopsie* nicht! Du verdienst es wirklich, zum Latrinendienst abgestellt zu werden, um mit den Unberührbaren Scheiße zu schaufeln!«

»Gnade!«

»Los, ruf mir eine Rikscha. Ich muss mich zum Ort des Geschehens begeben.«

Der Lehrjunge war verschwunden. Und die Hütte, in der er mit seiner Mutter lebte, verwaist. Von Ängsten geplagt, hatte die mittellose, in ein kastanienbraunes Trauergewand gehüllte Witwe ihren Sohn der Neugier der Engländer entziehen wollen. Hastig hatte sie Decken und den Kochkessel zusammengepackt und ihr Bündel geschnürt, um sich zu irgendeinem ungewissen Vorort voll stiller Zelte und noch mehr Staub aufzumachen, oder vielleicht auch zu einem fernen Dorf, von dem die Schreiber des Daftar nichts wussten. Und die Leute aus der Nachbarschaft machten, von der Obrigkeit befragt, widersprüchliche Angaben, oder sie verfielen in stumpfsinniges Schweigen und kehrten dem wohlgenährten Polizisten, der sie dafür allesamt, ohne Unterschied, mit Schmähungen bedachte, den Rücken zu.

Es war ein armseliges Viertel, in dem das Brunnenwasser allerlei Fieber verursachte, bevölkert von Kindern mit aufgequollenen Leibern und fliegenbedeckten Gesichtern, und von zerlumpten, rachitischen Bewohnern mit streichholzdünnen Gliedmaßen, Menschen, die völlig abgestumpft waren vor Hungersnot, Trachomen und Geschwüren, und die niemals in ihrem ganzen Leben auch nur einen Fünf-Rupien-Schein zu Gesicht bekommen würden.

Am Abend entstand ein Gerücht, schwoll an, lief rasch um und brandete über die Stadt, verbreitete sich von den Teeläden bis hin zum Markt, zu den Straßen, in denen die Handwerker Kupfer hämmerten oder Ton kneteten, zu den Stufen, die hinab zum Fluss führten – welcher nicht so heilig wie der Ganges, aber dennoch heilig war –, zu den Behausungen der Dienstboten und den Strohhütten der Vororte: ein Gerücht also, wonach die von den Göttern verabscheuten Kreaturen mit ihren roten Röcken, diese kastenlosen Ingiriss, einen Färber auf bestialische Weise, ihrer Gewohnheit entsprechend, ermordet hätten, um ihn ihren rinderfressenden Göttern als Opfer darzubringen und für ein magisches Ritual zu vierteilen, das darauf abgezielt habe, Hindustan, diesen fruchtbaren Schoß, Mutter und Anbeginn der Welt, mit Dürre, Cholera und Heuschrecken zu schlagen. Die Menge lief zusammen, erhitzte sich an ihrem eigenen Grollen, an der Wut auf die fremden Herren, denen man sämtliche Übel des Landes zuschrieb. Der Aufruhr brach los, kleine Läden wurden mit Steinen beworfen, Hütten niedergebrannt. Das Lagerhaus eines Reisgroßhändlers wurde bis zum letzten Korn geplündert, ein Pfandleiher ohne Gnade mit Knüppeln niedergemacht. Der indisch-portugiesische Mischling, der in der Telegrafenstation Dienst tat, rannte Hals über Kopf davon, als die Menge auf das Häuschen zukam, um die

Drähte herunterzureißen, diese abscheuliche Erfindung, die den Geächteten dazu diente, sich untereinander ihre verwerflichen Bestrebungen mitzuteilen. Eine Kompanie irischer Infanteristen wurde am Eingang des *Cantonment*, des Englischen Viertels, in Stellung gebracht, mit der Order, bei Bedarf scharf zu schießen. Doch die Raserei der Menge tobte sich anderswo aus.

Gegen Mitternacht schickte die Obrigkeit, nachdem der Gouverneur sich mit dem Garnisonskommandanten beraten hatte, eine Schwadron der einheimischen Kavallerie aus, die die Gemüter mit dem flachen Säbel beruhigen sollte. Um einen Aufstand der ganzen Provinz und eine erneute, wie auch immer geartete Sepoy-Meuterei zu verhindern, lauteten die Instruktionen dahingehend, nicht allzu viel Lumpenpack unter den Pferdehufen zu zertrampeln. Der alte Schotte, dem die Schwadron unterstellt war, bemühte sich nach Kräften, diesen Ordern Achtung zu verschaffen. Während er, ziegelrot unter seinem weißen Schnurrbart, die Straßen freiräumte, fluchte er – »Bei der blutigen Hölle!« – auf die Beschränktheit der Zivilverwaltung, welche sicherlich Ursache dieses ganzen Schlamassels war. Die Hufe der gut gestriegelten, muskelbepackten Pferde dröhnten in den engen Gassen, und die Reiter prügelten blindlings und unter wüsten Beschimpfungen auf die Aufrührer ein. Von Verwünschungen begleitet, fielen hagere Männer in den übelriechenden Staub, und etliche derer, die nicht starben, sollten für immer verkrüppelt bleiben, im schlimmsten Fall bloß noch menschliche Insekten, mit im Winkel von 45 Grad wieder angeklebten Gliedmaßen und zur abscheulichsten Bettelei verdammt.

Unterdessen ging der Inspector zum Krankenhaus, umhüllt von klebriger Dunkelheit und umspielt von Gerüchen nach verwelkten Blumen und Exkrementen, die der heiße Wind herantrug. Er strauchelte in einem Schlammloch und hätte dabei unter Sauggeräuschen beinahe einen Stiefel eingebüßt, als ob finstere Mächte ihn bis ins Innerste des Planeten hinabziehen wollten und der Erdboden Indiens bloß darauf gewartet hätte, sich mit besänftigtem Kollern wieder über ihm zu schließen. Kühe und Kälber lagen quer auf der Straße. Ein räudiger Esel schlief im Stehen. Abfallhaufen schwelten dahin. Entlang der Mauern, deren aufgeplatzter Verputz zerbröckelte, lagen menschliche Gestalten in Decken eingewickelt. Der letzte Widerhall von Schreien und Gewieher wehte noch dumpf aus den Vierteln herüber, in denen der Aufstand gerade verebbte.

In ihrem hautengen Kittel einer Wurst nicht unähnlich, trat eine alterslose Engländerin mit stahlgrauem Haar und leichter Kupferrose Peabody in den Weg, um ihm den Zutritt zu verweigern. Einfache Soldaten nahmen bei ihrem Anblick sogleich Reißaus, denn sie war die leitende Oberschwester, doch Peabody schob sie wie einen Strohhalm beiseite: »Ein vorzüglicher Abend, Schwester! Beinahe so wohlriechend wie eine Frühlingsnacht in Devon, nicht wahr? Seien Sie unbesorgt, der Patient, dem ich einen Besuch abstatten möchte, ist recht friedlich, er wird sich nicht allzu sehr aufregen!«

Als der Inspector die Tür zur Leichenhalle aufstieß, obduzierte der einzige Arzt des Krankenhauses gerade in pestartigem Gestank und beim Schein von Petroleumlampen den indigoblau gefärbten Rumpf; mit seiner rosigen Gesichtsfarbe und dem gut gekämmten kastanienbraunen Haar wirkte der junge Mann wie ein strebsamer Schuljunge. Die Fenster mit den Milchglasscheiben standen zur Nacht hin offen. Am Boden hockte im kurzen Dhoti ein nur aus pergamentartiger Haut und spitzen Knochen bestehender Greis; ausdruckslos dreinblickend und scheinbar eingedöst zog er mit seinem großen Zeh an der Schnur eines *Punkah*, eines imposanten, an der Decke befestigten Fächers aus zusammengeflochtenen Palmwedeln, der die warme Luft verwirbelte. Auf einem Metallschrank standen eine Flasche Brandy und ein schmutziges Glas.

Das Brustbein war aufgesägt worden. Das gekochte Fleisch hatte eine graue Färbung angenommen. Und das Geschlecht war der Länge nach durch einen Einschnitt geöffnet. Eingeweide waren auf kleinen Nachbartischen abgelegt und der Darm als irisierende Girlande, die ins Grüne stach, an der Wand aufgehängt worden. Aus einem Putzlappen am Boden sickerte, neben einer verschmierten Säge, blutige Jauche. Der Inspector schluckte schwer, Schweiß lief ihm den Körper hinunter. Er lockerte seine Krawatte und näherte sich dem Tisch.

Der Arzt warf ihm einen durchdringenden Blick zu und wollte ihn mit einem Wink fortscheuchen: »Lassen Sie mich arbeiten! Warten Sie die Ergebnisse ab! Belästigen Sie mich nicht! Und gehen Sie diese verfluchte stinkende Zigarre woanders rauchen!«

Dann gewann er seine Fassung zurück und strich sich die Haare mit einem Finger glatt:
»Die Sache ist völlig klar. Unserem guten Mann hier wurde ohne Zweifel die Kehle durchschnitten, denn er ist vollkommen ausgeblutet. Sehen Sie.«

Mit seinem Skalpell hob er einen Fleischlappen an. Peabody setzte eine Kennermiene auf, während der andere fortfuhr: »Enthauptung und Abtrennung der Gliedmaßen wurden mittels eines großen, gut geschärften Küchenmessers, vielleicht mit einem Fleischermesser vorgenommen. Das Opfer war ungefähr um die Vierzig. Keine ansteckenden Krankheiten. Keine Lungenschäden. Das Herz eines Athleten! Und die Nieren eines Säuglings! Keinerlei besondere Merkmale: keine Wunden – bis auf diesen Hundebiss auf dem Hof, doch der ist ja postmortal, Sie Spaßvogel! Keine Blutergüsse, keine Narben, keine Tätowierungen, keine Erweiterung des Afters noch Spuren eines Rückhalterings an der Peniswurzel. Sie wissen ja, so was kann ziemlich ... spezielle Nekrosen bewirken.«

Der Arzt errötete wie ein Lausbub. Peabody nickte.

»Und was sein letztes Mahl betrifft, so bestand dieses aus Reis, Hühnchen und Spinat.«

»Also ein Moslem.«

»Oder jemand aus einer Hindukaste von minderem Rang. Manche von denen praktizieren ebenfalls die Beschneidung.«

»Meiner Kenntnis nach nicht in der näheren Umgebung.«

»Pah! Was wissen wir schon von Indien? Sollten Sie einen Kopf oder irgendwelche Gliedmaßen auffinden, dann lassen Sie sie mir zukommen. Ich werde die Halswirbel aufbewahren. Ich würde gern noch mehr herausfinden, doch wir werden den Rumpf einäschern müssen. Wir bräuchten ein verdammtes Fass Formol, um ihn zu konservieren, und ich habe bloß einen Kanister davon. Kommen Sie, nehmen Sie doch einen Brandy. Gehen Sie heute nacht nicht nach Hause, es wird noch weitere Krawalle geben. Machen Sie sich keine Sorgen, ich lasse Ihnen dann irgendwo im großen Krankensaal ein Bett aufschlagen!«

»Weitere Krawalle? Nein, der Aufruhr ist für diesmal vorbei. Geben Sie nicht zu viel auf dieses Geschwätz. Und trinken Sie weniger, Doktor, wenn Sie in diesem Land noch eine Zeit lang überleben wollen.«

»Nur die Ruhe, werter Herr Ratgeber. Strecken Sie bitte mal die Zunge heraus.«

»Und warum sollte ich Sie nach Tibeter Manier grüßen, Doktor? Sind wir etwa im Darjeeling in der Sommerfrische? Wenns nur so wäre!«

»Strecken Sie die Zunge raus, sag ich.«

Peabody fügte sich und zeigte eine rissige violette Zunge vor, die grünlich schimmerte.

»Weniger schlimm, als ich dachte. Sie leiden doch bestimmt an Ruhr, oder? Seit wann? Verfluchte explosionsartige Durchfälle? Soll ich Ihnen Opium verschreiben?«

Brummelnd lehnte der Inspector ab.

Auf einmal waren sie wieder da, genauso rasch, wie sie verschwunden waren. Die Witwe und der Junge waren in ihre Hütte zurückgekehrt. Die Mutter lamentierte und führte lang und breit Klagen gegen die ganze Welt, und der Sohn ging auf Erkundigung aus und streunte um Sid ul-Cheyrs inzwischen geschlossene Werkstatt herum.

Der Lehrling des Färbers aß gierig und tunkte seinen Fladen so eifrig in die flache Schüssel Dhal, den Brei aus gelben Linsen, dass er sich die Unterarme mit Soße bekleckerte. Dann verschlang er in einem Zug eine Schale Dickmilch. Seine schwarzen Augen flackerten. Er fuhr sich mit der Hand über seinen frisch geschorenen Schädel. Peabody beobachtete ihn im Stillen und sann derweil darüber nach, dass in jüngster Zeit keine einzige Vermisstenanzeige aufgegeben worden war und dass am Vorabend, nur wegen eines absurden, doch aufschlussreichen Gerüchts, mindestens vierzig Personen unter den Stöcken der Aufrührer oder den Pferdehufen zu Tode gekommen waren. Ein Problem bei der Wahrung der öffentlichen Ordnung. Doch das fiel nicht in seine Zuständigkeit, dachte er erleichtert. Die Opfer lagen inzwischen übereinandergestapelt und von zwei Posten bewacht in einem Vorort, darüber kreisten die Aasgeier. Vielleicht würden die Leute von der Straßenreinigung die namenlosen Opfer bereits am Flussufer auf Scheiterhaufen verbrennen, hätte der Amtsvorsteher nicht das Geld für das

Knüppelholz veruntreut, wodurch er sie den Hyänen, Hunden und Geiern preisgab. Niemand würde je wieder von ihnen reden.

Der Inspector verlangte nach weiteren Fladen. Nickend walkte der schwitzende Bedienstete an seinem Ofen den Teig zwischen den Händen flach, verlieh ihm durch kräftiges Patschen Form, ehe er ihn schließlich an die Ofenwand klatschte. Das Kind zeigte ein Lächeln.

»Hau nur rein, mein Junge. Iss, so viel du kannst. Bis dir der Magen platzt.«

Dieser Zeuge jedenfalls würde jetzt, wo man seiner habhaft geworden war, nicht mehr davonlaufen. Zumal seine Mutter ihn arg verdroschen hatte, weil sie ihrem Sohn, seiner unseligen Entdeckung wegen, die Schuld an dem ganzen Ärgernis gab, das die Aufmerksamkeit dieser Rinder und Schweine fressenden Ingiriss auf sie gelenkt hatte. Sie würden den Färbermeister, den ehrwürdigen Sid ul-Cheyr, nun unweigerlich durch ihre Rohheit entehren.

Als der Bengel, bis zu den Mandeln abgefüllt mit Linsen, sich die Rechte und die Kehle gespült hatte und bereits davonflitzen wollte, hielt ihn der Inspector fest: »Lauf nicht weg. Sag mal, hast du irgendeine Ahnung, wie diese Leiche in den Trog, um den du dich kümmerst, hineingeraten sein könnte? Hab keine Angst, ich bin sicher, dass du überhaupt nichts damit zu tun hast. Ich weiß, du bist ein guter Junge.«

Mit glänzenden Augen lächelte der Kleine von einem Ohr zum andern, und Peabody, der keine wie auch immer geartete Familie mehr besaß, verspürte plötzlich einen Anflug von Zuneigung für ihn: »Ich brauche deine Hilfe.«

»Aber ich weiß doch gar nichts.«

»Hast du denn nie den Laden verlassen, wenn der Färber mal nicht da war, nur für einen Augenblick vielleicht, um mit Schlingeln von deiner Sorte spielen zu können?«

Das Kind senkte den Blick.

»Natürlich. Spielen ist ja auch normal für Jungs. Also, ist dir dabei niemand aufgefallen, der dort herumgestrolcht wäre?«

»Nein, äh, das heißt, auf dem Markt spazieren immer irgendwo eine Menge Leute herum.«

»Seis drum. Und Sid ul-Cheyr Baba, was sagst du zu dem?«

»Er ist mein Meister.«

»Verkehrt er mit Taugenichtsen, Faulenzern, Halunken?«

»O nein! Im Gegenteil, er geht fünfmal am Tag in die Moschee.«

Peabody schniefte und räusperte sich: »Fünf Mal, Gott verdamm mich. Und schlägt er dich?«

»Manchmal.«

»Meinst du damit etwa, wenn du es verdient hast?«

»Nicht immer.«

»Zahlt er deiner Mutter deinen Lohn regelmäßig aus?«

»Wenn er im Verzug ist, schlägt sie mich.«

»Und, hmm … greift er dir manchmal zwischen die Beine … oder höher?«

»Niemals.«

Peabody winkte der Bedienung, eine Runde Tee auszuschenken. Der Lehrjunge nahm lächelnd den irdenen Becher voll kochend heißen Milchtees, der mit Kardamom gewürzt war, und pustete auf die Oberfläche, wo sich bereits ein Häutchen gebildet hatte. Um sie herum lösten sich nun wieder die Zungen, gingen die Unterhaltungen kreuz und quer, immer lauter, ohne dass irgendwer irgendwem zuhörte, aber er erfuhr nichts. Die Kundschaft dieser Kaschemme bestand in der Hauptsache aus Tagedieben und Kulis. Man wusste, dass der englische Polizist, wiewohl er seine Erkundigungen über sie auf dem Laufenden hielt, weder den kleinen Langfingern noch sonst jemandem von denen, die recht und schlecht am Rande des Gesetzes überlebten, ans Leder wollte. Vielmehr wurde vermutet, er führe diese Untersuchung bloß der Form halber durch. – In Indien gelang es den Europäern fast nie, unter die Oberfläche eines völlig unverdächtigen Brodelns zu gelangen. Hier verschwand jemand mit Leichtigkeit für immer, und ein Menschenleben war *nichts* wert. Man musste schon so einfältig sein, wie es die Ingiriss waren, um sich mit einem Toten zu befassen, der in der Wanne eines Färbers aufgefunden worden war! Fragen ausgesetzt, leerten sich die Augen von jedem Ausdruck, schwankten die Köpfe träge hin und her, als würden sie sich gleich ablösen, schürzten sich die schmalen Schnurrbärte über gleichmäßigen, weißen Zähnen, und dann ließ man den Inspector den Tee bezahlen und ein Päckchen Zigaretten herumgehen, das sich im Nu leerte. Kein einziges Wort half ihm weiter. Ausgespiener Betel überzog den gestampften Lehmboden.

Von der Straße her hörte man die Schellen und Litaneien eines benachbarten Tempels. Die nackten Füße der Priester klatschten auf den frisch geputzten Steinfliesen, während sie ein Lingam aus schwarzem Granit mit geklärter Butter übergossen, ehe sie rosafarbene Blüten auf ihm niederlegten. Von hoch oben, aus seinem roten Sandstein-Minarett heraus, rief der Muezzin zum Abendgebet. Noch etwas weiter entfernt tönten die Glocken eines Bergfrieds gotischen Stils über das Cantonment.

Der englische Inspector legte seinen Federhalter zur Seite und verstaute die schon recht umfangreichen Papiere zum Fall des Färbers in einem Karton, peinlich genaue Berichte, die von niemandem gelesen werden würden, und vor allem nicht vom District Superintendent, seinem unmittelbaren Vorgesetzten.

Letzterer residierte eine halbe Tagesreise mit der Eisenbahn weit entfernt, ein eleganter und nachlässiger junger Mann aus begüterter Familie, der diesen obligaten Durchlauf bei der Polizei als Purgatorium betrachtete und keinen Gedanken daran verschwendete, eine Akte zu öffnen oder sich auf seine Untergebenen einzulassen. Und was die Eingeborenen betraf, so konnten die sich getrost bis zum letzten gegenseitig abmurksen!

Peabody hatte keinen Schreiber bei der Hand, dem er seine mühsame Arbeit anvertrauen konnte, und musste sich ihrer somit selbst entledigen, dazu in einem stickigen und engen Amtszimmer, das ihn in jeder Hinsicht kaum zu halten vermochte und aus dem er endlich griesgrämig heraustrat. Die Nacht war schlagartig hereingebrochen, ohne dass die Hitze nachließ. Sein Hemd klebte ihm am Körper. Schweiß rann zwischen den Schulterblättern hinunter, und die Haut seiner Oberschenkel rieb sich, schon entzündet, am Stoff.

Plötzlich traf ihn ein Stein im Rücken. Ein sehr kleiner Kiesel, vielleicht von einem Kind geworfen. Weder blieb er stehen noch legte er einen Schritt zu. Im Dhoti, das kennzeichnende Band ihres Standes quer über der nackten Brust, verstauten Kaufleute von hoher Kaste unterdes ihre Stoffballen und übersahen ihn geflissentlich. Heuchler, dachte er. Eure Söhne sind es doch, die hier mit Steinen werfen. Falls es keine Anhänger des Propheten sind, die den Satan steinigen. Ein etwas schwererer Kiesel traf ihn zwischen den Schulterblättern. Er hob ihn auf, wog ihn ab, begutachtete ihn so eingehend, als hätte er gerade mitten in Kalifornien ein Nugget in einer Goldlagerstätte entdeckt.

Und während er ihn in seiner offenen Hand hüpfen ließ, wandte er sich mit einer überraschenden Behändigkeit für jemanden von seiner Korpulenz zu dem nächstgelegenen

Laden, zu einem Händler für baumwollene Dhotis, und flüsterte dem Mann ins Ohr: »Mögen uns die Götter einen baldigen Monsun bescheren, Babudji, und dass die Felder wieder grünen! Gleichwohl sind die Gemüter in Erwartung des gesegneten Wolkenbruchs voller Sorge, weil die Luft über die Maßen heiß und trocken ist. Und zwar so sehr, dass manche behaupten, Feuersbrünste könnten sich von selbst entzünden. Ich habe nicht übel Lust, ihnen Glauben zu schenken. Den Göttern ist nichts unmöglich. Was meinst du dazu, oh Hinterteilverhüller?«

Der Händler, ein Mann mit schweren Lidern, ausgeprägter Hängelippe, Büscheln weißer Haare in den Ohren und einem wohlgespannten Bauch, hockte im Schneidersitz inmitten seiner Ballen und wandte sich mit verächtlicher Miene ab, als ob er nichts gehört hätte. Ungeniert ließ Peabody ihm den Stein vor die Füße fallen. Im Gehen gab er einen langen, von roten Linsen und rohen Zwiebeln genährten Furz von sich, warf einem unberührbaren Bettler eine Münze zu, was ihm lautstarken Segen einbrachte – »Möge der Rubin des Wohlstands im Nabel Ihrer Freigebigkeit sitzen! Möge ein Strom Eselsmilch Ihren Durst stillen! Möge Ihre Nachkommenschaft sich innerhalb des Daftar unvergleichlicher Pfründe erfreuen! Mögen die Schädel Ihrer Feinde sich in der Ebene zu blendend weißen Pyramiden auftürmen!« –, und sprang schließlich in eine Rikscha, deren Führer sich mit Trippelschritten in Bewegung setzte.

Nicht das leiseste Anzeichen ließ auf baldigen Regen hoffen, und an diesem Abend wartete man vergebens, dass die Hitze nachließ. Als der Inspector im Cantonment eintraf, in dem er, so wie alle Briten, einen kleinen Bungalow bewohnte, ging er an dem riesigen rechteckigen Platz entlang, auf dem, angefeuert vom Krächzen der in den hohen Bäumen sitzenden Raben, Militärs und Zivilbeamten zusammen Polo spielten. Erdklumpen stoben unter den Hufen der Pferde empor, und die Spieler wechselten kurze Rufe. Lange Hutbänder flatterten im Wind; junge Mädchen und verheiratete Frauen schauten unter verhaltenem Lachen diesen unverschämten Mannsbildern mit den gut gebauten Körpern und muskulösen Beinen zu, die Zentauren gleich umhergaloppierten. Das Gold und Scharlachrot der Uniformen leuchtete im pulverigen Licht der untergehenden Sonne, im Kontrast zu den dunklen Anzügen der Zivilisten und den Moiré-Kleidern der Damen. Fünfzig Schritt entfernt saß eine jugendlich anmutende Frau mit herabgelassenem Hutschleier im Damensitz auf einem sich sträubenden schwarzen Hengst. Sie schlug ihn mit der Gerte und brach dann im Galopp ins freie Feld auf.

Durch die Diener, Köchinnen, Wäscherinnen, Gärtner, Wächter und vor allem die Sais (die Stallburschen, die es gewohnt waren, neben den Pferden herzulaufen, und daher als Boten gebraucht wurden), durch diese ganze, im Übermaß vorhandene Dienerschaft, die häufig, ob zu Recht oder zu Unrecht, diverser kleiner Diebereien bezichtigt wurde und der Peabody die Beichte meisterhaft abzunehmen verstand, war er über die kleinen schmutzigen Geheimnisse sämtlicher Engländer dieser Stadt bestens unterrichtet. So wusste er etwa, dass diese Karyatide, eine Blondine mit beunruhigenden Sommersprossen, deren hochmütiger Blick sich niemals auf ihn herab gesenkt hätte, die Bestürmungen eines jungen Leutnants erduldete, eines hirnlosen Stechers (und der Inspector wusste alles, bis hin zu den besudelten Spitzenhöschen bei hastigen Rückzügen), welcher der Karriere ihres Mannes, eines heruntergekommenen Angestellten, von keinerlei Nutzen sein würde; dass jener ehrenwerte Herr, der gerade einen anderen gravitätisch grüßte, mit seinem Kutscher, einem äußerst umtriebigen Rüpel, allzu intim war; und dass die Freundschaft jener beiden jungen Mädchen, die sich abseits hielten und unter einem Sonnenschirm einander zuneigten, die Grenzen der Schicklichkeit überschritt. Der Inspector fand keineswegs ein besonderes Vergnügen daran, schmutziger Wäsche hinterherzuschnüffeln, dennoch wusste er, den Erfordernissen seines Berufs gehorchend, um sämtliche Bettgeheimnisse und war es sich schuldig, eine gewisse Vorstellung von all den Amtsstubenverschwörungen und Beförderungsintrigen zu besitzen, auf die sich das Leben seiner Landsleute häufig beschränkte.

Aufrecht in die Steigbügel gestemmt und den Polohammer hoch erhoben, kam plötzlich ein Reiter schreiend neben ihm zum Stehen und tat, als sähe er ihn nicht. Sein Pferd bäumte sich mit irrem Blick. Eine gelbe Staubwolke wirbelte in die untergehende Sonne auf.

Zwei Damen – die Gattin eines Amtsvorstehers und die eines Hauptmanns der Versorgungstruppe – drehten sich halb in seine Richtung, maßen ihn von oben bis unten, wechselten hinter ihren behandschuhten Händen und mit gesenkter Stimme ein paar Bemerkungen und brachen schließlich in ein blasiertes Lachen aus. Er glaubte, sie sagen zu hören:

»Dieser Inspector! Wie geschmacklos ausstaffiert er doch ist! So was von gewöhnlich!«

»Meinen Sie nicht, er wäre besser wie ein Holzträger gekleidet, mit einem speckigen Dhoti?«

»Was für eine Dreistigkeit, sich hier zu zeigen!«

»Sagen Sie mal, hat er seine Dienststube nicht in der Eingeborenenstadt?«

Dann gluckten sie, als ein Offizier bei ihnen absaß, um sich vor ihnen zu verneigen. Der flüchtige Gedanke an die beiden – so glaubte er zu wissen – recht selten beehrten blond umflorten Genitalien fuhr dem Inspector durch den Sinn. Seine Nasenflügel weiteten sich. Er kratzte sich die Innenseite des Oberschenkels.

Freilich konnte er selbst sich ja kaum auf einem Pferd halten. Er verabscheute diese Leute, die zu beschützen er gleichwohl den Auftrag hatte; trotzdem gehörte er zur anderen Seite, zum Kontinent der Lumpen, Strolche und Bettler, zu diesem Indien der Finsternis, in dem es wimmelte, nach Räucherwerk, verrotteten Blumen und Scheiße roch und das ihn mit aller Kraft zurückstieß.

Zweites Kapitel

Der Mond im zehnten Tag des Muharram war über der Stadt aus ockerfarbenem Lehm aufgegangen und beschien, in der unerbittlichen Hitze, mit seinem silbrigen Licht die mit ramponierten Betten vollgestellten Terrassen, die ausgedorrten Gärten mit ihren welken Rosen, die Brunnen mit ihrem kärglichen Wasserstrahl, die zum Cantonment führenden Alleen, das Polofeld, die heiligen Kühe, die samt ihren Kälbern mitten auf den Straßen lagen, das Gold und den Stuck der Tempel, die eingeschlafenen Geier in den abgestorbenen Bäumen über den Müllgruben, die verkrüppelten, in ihren Lumpen zusammengekauerten Bettler, die Engländer, welche im Schutz ihrer Moskitonetze dämmerten, sich in unruhigem, schweißgebadetem Schlaf und heimgesucht vom bösen Zauber der Tropen hin und her wälzten, die in Eisen gelegten Gefangenen in ihren Zellen, den Marmor der Moschee; er beschien Glanz und Elend und daumendicke Kakerlaken, und auch die – ebenfalls heiligen – Ratten, denn in Indien war ja alles heilig: nicht bloß die Kühe, sondern auch die Ratten, die obstklauenden Affen, welche auf den Mauerkronen umhertollen, die im Wald unter totem Holz träge dösenden Kobras, die aus dem Verputz herausschwitzenden Wanzen, heilig auch das ganze Geschmeiß bis hin zu den Mikroben in der Luft, die man einatmet, und sämtliche Seuchen sogar, die im Verborgenen lauern, furchtbaren Geschenken der Götter gleich – Cholera, Typhus, Pocken, Beulenpest –, stets bereit, aufzuflammen und alles zu verzehren, und besonders die erlesene Gabe der Lepra, die man nicht einmal behandeln würde, wenn man es könnte, schließlich ist sie das Feuer der Götter; und wer immer es bekommen hat, ist rein, weshalb er, genau wie die nackten Fakire, Kinder und Kühe, zur Stunde seines Todes nicht verbrannt, sondern, da bereits geläutert, dem göttlichen Fluss unmittelbar überantwortet wird.

Schamlose Schnorrerei, Feigheit, Großmannssucht, Tapferkeit, Schneid und Mordgier waren in Mondlicht getaucht. Ganz in der Nähe ertönten die wilden Trommeln, die schrillen Schalmeien und monotonen Sprechgesänge: Die Prozession der Schiiten gedachte des Märtyrertods von Imam Hussein, dem Enkel des Propheten und rechtmäßigen Nachfolger des Gesandten, der zwölf Jahrhunderte zuvor, weit entfernt von hier in den Sandwüsten des Irak, von den Truppen des umayyadischen Usurpators ermordet worden war.

Hunde bellten unablässig, weckten Esel und Dromedare auf, deren misstönendes Schreien und Blöken nun ihrerseits die ganze Welt hätte aufwecken können. Von einem Ruhranfall geplagt, defäkierte Peabody mitten in einer menschenleeren Straße auf einen Abfallhaufen, während er mit einem Stein nach einem gelben Hund warf, der ihm die Zähne zeigte. Harte Arbeit stand bevor: Denn er hatte die Aufgabe, in dieser Muharramnacht darüber zu wachen, dass die Zahl der als Todesfall aus Glaubensgründen getarnten Tötungsdelikte die Quote nicht überschritt. Eine stillschweigende Quote selbstverständlich, wusste doch ein jeder, dass diese heilige, an Ausschweifungen reiche Nacht die ideale Gelegenheit bot, alte Rechnungen endgültig zu begleichen.

Die Schalmeien näselten im rasenden Takt taumelnder Trommeln. An Ketten befestigte Klingen peitschten die Rücken der Büßer, Blut floss, hin und wieder stürzte ein Mann unter den Schreien »Ali, Ali! Hussein, Hussein!« einfach zu

Boden. Die Augen waren trübe, weiß, völlig leer von der Monotonie der Litaneien. Augäpfel verdrehten sich, kleine schwarze Schnurrbärte bebten.

Der Inspector war allein. Er hatte auf keinen seiner Beamten zurückgreifen können. Ausnahmsweise hatte er einen winzigen Revolver – eine Damenwaffe, könnte man fast sagen – in eine Innentasche gesteckt, denn in dieser Nacht der Ausschweifungen konnte alles Mögliche passieren, ja selbst ein englischer Polizist mit durchschnittener Kehle auf irgendeiner Brache aufgefunden werden. Bekleidet mit einem Staubmantel und in Halbstiefeln, folgte er dem Zug von ferne, schlüpfte von einer Türöffnung in die andere, verbarg sich trotz seiner Korpulenz mühelos in der Dunkelheit, wurde eins mit der Nacht, eingebettet in diese Unsichtbarkeit, die Hindustan ihm als eine besondere Gnade gewährte. Auf jeden Fall hätte ihm niemand Beachtung geschenkt, solange die Erregung auf ihrem Höhepunkt war. Die Musikanten legten noch einmal an Ungestüm zu. Von Zeit zu Zeit taumelte einer der Teilnehmer des Aufzugs und fiel dann, da die Beine ihren Dienst versagten, heftig blutend inmitten der Schreie hingebungsvoller Frömmigkeit zu Boden. Entweder trampelte man sodann in blinder Inbrunst einfach über ihn hinweg, oder aber man hob ihn auf. In welchem Fall es ausgeschlossen war, ihn in das Krankenhaus der Ungläubigen zu schaffen: Er verschwand in irgendeinem Hinterhof, wo er mit Kräuterumschlägen gepflegt würde, vorausgesetzt, er hauchte, der unmittelbaren Aufnahme ins Paradies der Gläubigen gewiss, nicht sogleich seine Seele aus.

Die Spannung ließ nach, das Geschrei schwoll ab, und der Schaum vor den Mündern wurde wieder etwas klarer. Die in die Höhe springenden Leiber ließen an Schwung nach,

Schalmeien und Trommeln zeigten Anzeichen von Ermüdung. Vielleicht fächelte zu dieser späten Stunde ein frischer Windhauch den Büßern Kühlung zu. Mit oberflächlicher Erleichterung, in die sich echte Enttäuschung mischte – welche er sich jedoch nicht einzugestehen wagte, witterte doch auch er wie ein Schakal dem Geruch von Blut nach –, vermochte Peabody keinen einzigen Mord zu beobachten. Die Nacht schritt voran, und der Mond würde bald am Horizont verschwinden. Der Tumult der Prozessionsteilnehmer verebbte, und die erschöpften Frommen tauchten in die Dunkelheit ein. Noch immer in seinen Staubmantel gehüllt, dem Bass in der Oper gleich, machte sich der englische Inspector weit ausschreitend zum Cantonment auf.

Ein hagerer und sehr dunkelhäutiger junger Laufbursche rüttelte den Inspector, der durchgeschwitzt und mit offenem Mund wie ein Dickhäuter unter seinem Moskitonetz schnarchte: »Sss … Inspector Sahib! Sss … Sss …«

Unter Röcheln nach Luft ringend, fuhr Peabody aus dem Schlaf hoch. Auch nach vierzig Jahren in Indien brachte ihn dieses pfeifende Gezischel noch aus der Fassung. Ein satter Hustenanfall schüttelte ihn: »Gottverdammt! Was ist denn los? Haben die Afghanen zum zweiten Mal den Thron des Großmoguls an sich gerissen? Oder ist die Frau des Gouverneurs in flagranti mit einem Küchenjungen erwischt worden?«

»Schlechte Neuigkeit. Eine Memsahib hat gerade einen Sais geschickt. Ihr Ehemann, der Railway Injinir Sahib, ist am Abend in ihrer Villa von Übeltätern ermordet worden. Sie hat sie dabei überrascht und einen von ihnen eigenhändig getötet, als sie sich verteidigen wollte.«

»Wie? Ingenieur Miller, der von der Eisenbahn?«

Peabody fuhr sich mit der Hand über die kratzigen Wangen. Blinzelnd streckte er die Beine aus und setzte sich auf die Bettkante. Schockschwerenot! Miller gehörte zu den Notabeln, überdies war er ein enger Freund des Gouverneurs, was für einen einfachen Inspector ganz bestimmt einen Haufen Scherereien, der bis hinauf zum Firmament reichte, bedeuten würde.

»Zünd eine Lampe an. Wo ist der Sais?«

»Er wartet im Hof.«

»Lass ihn rasch was essen. Dann geh und weck einen Rikschazieher. Warum zur Hölle hast du mich nicht früher benachrichtigt?«

»Sie waren unauffindbar, Insp…«

»Ist gut.«

Peabody urinierte lange, wobei er mit resignierter Miene das Abschwellen seines Organs beobachtete. Aus einem Krug goss er sich ein Glas lauwarmes Wasser ein. Geckos liefen über die Wand. Seine Eingeweide brodelten.

Zehn Minuten später machte er sich auf den Weg, der Sais in sandfarbenen Shorts und Hemd rannte barfuß der Rikscha voraus, um ihnen den Weg zu zeigen. Erschöpft und völlig ausgelaugt von der Ruhr war Peabody gleich wieder eingeschlafen. Der spindeldürre Rikschalenker lief mit kurzen Schritten unter den riesigen Mangobäumen entlang, die die Straße säumten, und atmete gleichmäßig, um die gewaltige Masse hinter sich herzuziehen. Er war zufrieden. Diese Nachtfahrt würde ihm doppelt entlohnt, das Trinkgeld nicht mitgerechnet.

Ein deutlicher Geruch nach Mäusekot schwängerte den Bungalow. Mrs. Miller war eine magere kleine Frau in den Vierzigern, mit flacher Brust und schütterem Haar unter einer kastanienbraunen Haube, eingezwängt in ein pflaumenblaues, bis zum Hals geknöpftes Seidenkleid. Sie war noch nie schön gewesen, und ihrer spitzen Nase wegen glich sie einer jener Spitzmäuse, mit denen die Porridgeschalen für Kinder gerne verziert sind. Indes hatte sie keine Kinder bekommen.

Sie behielt die Hände gefaltet auf dem Schoß liegen und den Blick gesenkt. Peabody fragte sich, ob sie überhaupt noch atmete. Mit einem Schlafrock bekleidet, der einem Vorhang ähnelte, saß Jezabel Jones, ihre jugendliche Nichte, in derselben Haltung hinter ihr. Peabody warf einen flüchtigen Blick zu ihr hinüber. Irgendwo in einem Nachbargarten heulten Hunde ohne Unterlass den Mond an. Ein Spucknapf aus blankpoliertem Kupfer glänzte im Halbdunkel. In dem Salon, der mit Rattanmöbeln und diversen Ansichten von London – Westminster Abbey und Buckingham Palace, die hoch aufragende Tower Bridge über der von verqualmten Lastkähnen und Schleppern befahrenen Themse – ausgestattet war, lagen auch die beiden Leichen, die des Ingenieurs und die des Räubers, nebeneinander rücklings am Boden, von einem Laken verhüllt. Peabody hob rasch den Stoff über einem braunen Gesicht an, dessen Augen offen standen und dessen Lippen über den Zähnen geschürzt waren; die nackte Brust war in der Herzgegend von zwei Kugeln durchbohrt. Was den Ingenieur betraf, so wirkte sein bleiches, von einem grauen Backenbart umrahmtes Gesicht irgendwie gallig. Man hatte ihm die Augen zugedrückt. Hemd und Krawatte waren zerrissen. Ein rotes Mal lief ihm um den Hals. Leichenstarre bei beiden.

Peabody glaubte bereits den Geruch von Verwesung wahrzunehmen und schlug hastig das Laken wieder zurück. Dicke schläfrige Fliegen schwirrten träge umher. Er verbeugte sich und befleißigte sich eines offiziellen Tons, der falsch klang, als er sagte: »Mein Beileid, Mrs. Miller. Ich bin zutiefst bestürzt und nehme Anteil an dem Verlust, der sie trifft. Doch leider muss ich gewissen Formalitäten genüge tun. Kannten Sie diesen Mann?«

»Diese Leute da gleichen sich doch alle.«

»Das ist keine Antwort.«

»Ich habe ihn noch nie zuvor gesehen.«

»Und die anderen?«

»Den anderen, der durch den Garten geflohen ist? Auch nicht.«

Von einem schleimigen Husten geschüttelt, zündete sich Peabody, ohne zu fragen, eine Zigarre an und räusperte sich: »Verzeihen Sie, wenn ich mich unter solch beschwerlichen Umständen aufdränge, bei denen Sie außerordentlichen Mut bewiesen haben, doch lassen Sie uns den Verlauf der Ereignisse noch einmal Revue passieren. Gestern abend gehen Sie also vor dem Abendessen aus. Ihr Gatte bleibt allein zu Hause. Sie gehen gewöhnlich recht selten aus. Was war der Anlass …?«

»Ein Besuch bei einer Freundin.«

»Sonderbare Uhrzeit für einen Besuch.«

Mrs. Millers Gesicht lief purpurrot an: »Was soll diese Befragung überhaupt? Nach allem, was vorgefallen ist? Dem Tod meines lieben Gatten? Diesen grauenhaften Räubern, die ihm sogar seine Uhr gestohlen haben? Dieser ganzen Rohheit?«

Sie griff nach einem mit Perlen bestickten Handtäschchen (falsche Perlen, dachte Peabody), holte aus einer Pillendose eine Tablette hervor und schluckte diese. Auf unbestimmte Weise unwillig reichte die Nichte ihr ein Glas Wasser. Sie ließ ein gezwungenes, schmerzerfülltes Lächeln erkennen.

Peabody stellte eine mitfühlende Miene zur Schau: »Sie verstehen doch, dass der zeitliche Ablauf des vergangenen Abends geklärt werden muss. Hatte Mr. Miller Drohungen erhalten?«

»Drohungen? Mein Mann hatte nur Freunde. Sie träumen!«

»Sie waren aufgewühlt, als Sie gestern abend ausgingen.«

»Keineswegs.«

Peabody bluffte: »Sogar dem Torwächter und dem Kammerdiener ist es aufgefallen.«

»Wie bitte? Wagen Sie etwa, die Aussagen dieser Mohren gegen eine Weiße geltend zu machen?«

»Ich mache gar nichts geltend, und vor allem nicht gegen Sie. Sie haben im Gegenteil großen Mut an den Tag gelegt, als Sie einen dieser üblen Schlingel niedergestreckt haben. Mit welcher Waffe übrigens?«

»Dem Revolver, der sich in der Schublade vom Schreibtisch meines Mannes befand.«

»Sehr gut. Würden Sie ihn mir bitte aushändigen ... Danke.«

Er ließ die Waffe unter seiner Nase hin- und herwandern, erschnupperte den ihr anhaftenden Schießpulvergeruch und hüstelte:

»Aber, sehen Sie, Mohr ist leicht dahergesagt. Und ziemlich ... kränkend. Die Inder haben eine unzerstörbare Kultur. Sie saugen ihre Eroberer seit vierzig Jahrhunderten in sich auf und haben immerhin die Null erfunden!«

Er setzte einen nachdenklichen Gesichtsausdruck auf: »Die Null! Statt Stäbchen aneinander zu reihen! Welch ein Sprung im menschlichen Denken!«

Nachdem er minutenlang die Hände hinterm Rücken, den Bauch vorgestreckt und »Die Null!« brummelnd auf und ab gegangen war, bellte er plötzlich: »Wann sind Sie nach Hause gekommen? Um wie viel Uhr sind diese Männer hier eingedrungen? Können Sie sich auf Ihre Diener verlassen? Warum hatten die sich freigenommen? Antworten Sie! Wie viele Kugeln haben Sie verschossen? Wo haben Sie gelernt, mit einer Waffe umzugehen? Antworten Sie!«

Die Nichte empörte sich halblaut gegen so viel verbale Grobheit von Seiten der Polizei. Er ignorierte dies. Mrs. Miller nahm erneut eine Tablette und massierte sich die Schläfen, ehe sie sich die spitze Nase putzte. Schließlich sagte sie mit leiser Stimme: »Ich … ich weiß es nicht mehr! Das Ganze ist sehr unschicklich. Diese Leute sind nicht zivilisiert. Das ist der Beweis. Mr. Peabody, Sie unterziehen mich hier einer regelrechten Folter. Wie sollte ich mich an all das erinnern? Der Gouverneur wird äußerst ungehalten sein, wenn er von Ihrem aggressiven Verhalten in Kenntnis gesetzt wird. Mein verstorbener Mann und er waren enge Freunde. Früher in England haben sie dasselbe College besucht.«

»Das ist mir nicht unbekannt.«

»Und in Anbetracht meines Gesundheitszustands müsste ich das Zimmer hüten.«

»Vergeben Sie mir, dass ich Ihnen meine Gesellschaft noch ein paar weitere Minuten aufnötigen muss.«

Er bewunderte die doch recht starken Nerven dieser Witwe und blickte zu der Nichte hinüber, die sich keinen Zoll gerührt hatte und immer noch mit zusammengepressten Knien etwas abseits saß. Es handelte sich um ein sehr schmales, blondes junges Mädchen mit langem Haar und glänzender, etwas roter Nase, das ständig mit einer Strähne spielte. Sie war sechzehn oder allerhöchstens siebzehn Jahre alt.

Peabody schluckte. »Und was Sie betrifft, Miss Jezabel …«

Reglos verstummte er für einen Augenblick, ehe er fortfuhr – überwältigende Bilder schossen ihm durch den Sinn, in denen Miss Jezabels lange schmale Finger sein Zepter wiedererweckten und ihr enger Mund sich seiner mit Ungestüm bemächtigte, bis zur Vollendung. Er blickte zur Decke, an der ein durchsichtiger Gecko lief, und hüstelte in der Hoffnung, dass seine Erektion von den Falten seiner weiten Hose verborgen blieb.

Dann heftete er den Blick auf seine Stiefelspitzen: »Fangen wir nochmals von vorn an, Miss Jezabel.«

»Wozu denn, Inspector? Ist denn nicht alles klar?«

»Sie waren also mit Ihrer Tante ausgegangen ...«

»Nein, ich fühlte mich unpässlich und war auf meinem Zimmer, und ich habe nichts gehört.«

»Die Diebe sollten sich also tatsächlich ganz still und leise bei Ihnen Zutritt verschafft haben ...«

»Wäre das so ungewöhnlich?«

»Schon. Demnach hätten die Diebe Ihren Onkel also in seinem Arbeitszimmer erdrosselt, ohne dass er auch nur den kleinsten Schrei von sich gegeben hätte und Sie sich irgendwie gerührt hätten. Seine Taschenuhr soll ihm gestohlen worden sein. Hat er allein zu Nacht gegessen?«

»Ich habe Ihnen doch bereits gesagt, dass ich mich nicht wohl fühlte. Wahrscheinlich war ich eingeschlummert.«

Peabody schüttelte den Kopf, während er ein rotes Schnürband, das er auf dem Läufer gefunden hatte und nun aus seiner Tasche zog, um den Zeigefinger wickelte. Die junge Frau zuckte mit keiner Wimper, verfiel jedoch in Schweigen, die Lippen zusammengekniffen.

»Ihre Tante, Mrs. Miller, tötet, unerwartet hinzugekommen, einen der Räuber mit einem Revolverschuss. Dem anderen gelingt die Flucht. Ihr Onkel ist gerade verstorben. Der Panzerschrank ist offen und leer.«

Peabody drehte sich zu der Witwe um: »Was befand sich in diesem Tresor, Mrs. Miller?«

»Woher sollte ich das wissen? Glauben Sie denn, mein Mann hielt mich über seine Tätigkeiten auf dem Laufenden? Geld, Wertpapiere, Schriftstücke und Pläne im Zusammenhang mit seiner Arbeit, nehme ich an.«

»All dies ist sehr misslich, meine Damen. Fahren wir fort. Woher stammt dieses Schnürband? Von der Unterwäsche einer Frau? Korselett, Bustier, Höschen? Oder von einem Stiefelchen? Wem von Ihnen gehört es?«

Mrs. Miller reckte die Nase in die Höhe und erwiderte mit barscher Stimme: »Überschreiten Sie die Grenzen nicht, Inspector. Keine Unanständigkeiten! Sie würden es bereuen.«

»Gut, regen Sie sich nicht auf … Warum hatten Sie all Ihren Dienstboten freigegeben?«

»Wir hatten den zehnten Tag des Muharram. Unsere Diener sind in der Mehrzahl Schiiten, und sie hatten den Wunsch, an dieser Prozession da teilzunehmen. Die anderen haben einfach um ihren freien Tag gebeten.«

»Die Prozession. Selbstverständlich.«

Mullahs, Brahmanen, Reverends, was für eine Posse, dachte er. Gott verdamm sie! Er hustete und expektorierte in den Spucknapf: »Haben Sie denn nur moslemische Dienstboten? Warum?«

»Sie wissen ja, wie unmöglich die Hindus beim Essen sind.« Sie strich das Wort »unmöglich« mit verärgertem Tonfall heraus.

»Sie sind Vegetarier, na und? Diese Ernährungsweise ist ausgezeichnet für die Gesundheit – vorausgesetzt, man hat überhaupt etwas zu essen, selbstverständlich. Fahren wir fort. Im Grunde befand sich also außer Ihnen beiden niemand im Hause. Nicht mal ein Wächter?«

»Der Wächter … war mehr oder minder hier.«

»Mehr oder minder, gnädige Frau? Sie sollten die Leute, die Sie beschäftigen, besser beaufsichtigen. Wo ist dieser Wächter?«

»Wer weiß das schon bei diesen Leuten! Er ist verschwunden!«

Peabodys ohnehin volles Mondgesicht schwoll noch mehr an vor Unmut. »Nun denn«, setzte er hinzu, »wir werden die Leichen wegbringen lassen. Würden Sie mir einstweilen gestatten, einen Blick in das Schreibzimmer zu werfen?«

»Diese Situation ist furchtbar peinlich ...«

Ohne die Antwort abzuwarten, war der Inspector bereits hinüber in den Raum gewechselt und hatte die Tür wieder hinter sich geschlossen. Zeugten die verrückten Möbel tatsächlich von einem Kampf? Er hob die Fuchsjagdstiche leicht von der Wand ab, stöberte in den Schubladen, aus denen er einen Terminkalender und ein Bündel persönlicher Papiere zutage förderte. Der Panzerschrank war leer, die Tür sperrangelweit offen. Da er sich wegen seiner Körperfülle nicht bücken konnte, ließ er sich auf alle Viere nieder, schnüffelte herum, hob den Teppich hoch und entdeckte plötzlich ein Notizheft, das zusammengerollt zwischen Tresor und Wand steckte. Er nahm es an sich, ging in die Hocke, blätterte die Seiten durch, stieß einen Pfiff durch die Zähne und stopfte es sich dann unter das Hemd. Schließlich sprang er auf und verließ das Zimmer mit gleichmütiger Miene, indem er die für seine Ermittlungen notwendigen Papiere gut sichtbar in Händen hielt. Die beiden Frauen saßen noch immer auf ihren Stühlen und starrten resigniert vor sich hin.

»Ich bin untröstlich, dass ich Sie auffordern muss, die Stadt nicht zu verlassen, meine Damen. In Ihrer Eigenschaft als Hauptzeuginnen natürlich. Ein Posten wird zu Ihrem Schutz vor der Tür abgestellt.«

Das Heft an die Brust gedrückt, trat Peabody hinaus in den feinen Frühnebel, der zwischen den Mangobäumen hing. Auf seinem Weg begegnete er den Dienstboten, die von der Prozession zurückkehrten und sich, da sie durch Hörensagen bereits vom Tode Mr. Millers erfahren hatten, in lautstarkem Lamento ergingen. Er gewahrte den Koch, einen jungen Mann, mit dem er anlässlich eines Erpressungsfalles schon einmal ein Hühnchen zu rupfen gehabt hatte. Ein Bekannter des Goldschmieds Roknoddin, eines seiner Informanten. Mit fliehendem Kinn, spärlichem Bart, einer Narbe am Hals und krummen Beinen war dieser Soßenverkocher wahrlich kein Adonis. Der Inspector wandte das Gesicht ab, um nicht erkannt zu werden.

Von einem Bein aufs andere hüpfend, pickte ein Rabe an Gemüseabfällen. Die ersten Kühe mit ihren für alle Zeiten leeren Eutern wachten gerade auf, blieben aber liegen; ihre langen Wimpern flatterten. Tief atmete Peabody ihren Geruch ein. Der Wirt eines Teehauses – eines zwischen vier Pfosten gespannten Kartoffelsacks – mühte sich, ein Feuer anzuzünden.

In ihrem kärglichen Salon blieben die beiden Frauen weiter vor dem Erkerfenster sitzen. Seite an Seite mieden sie den Blick der anderen und wohnten still dem Anbruch eines ungewissen Tages bei, der alsbald noch größere Hitze bringen sollte. Die Leichen ruhten nach wie vor unter ihrem Laken. Auf einmal wurde Mrs. Miller von erstickten Schluchzern geschüttelt, dann schnäuzte sie sich die spitze Nase.

Miss Jones meinte zögerlich: »Glauben Sie, dieser dicke Mann mit den gelben Zähnen wird wiederkommen und uns noch einmal behelligen? Ich mag sein Lächeln nicht. Man könnte meinen, dass er schmutzige Gedanken hat. Was wird nun aus uns werden, Tante? Wovon werden wir leben? Werden wir nach England heimkehren müssen?«

Mrs. Miller antwortete nicht. Sie heftete den erloschenen Blick auf den Stich mit der Tower Bridge. Unterdessen schabte Miss Jones mit ihrer Schuhspitze über den Läufer, ganz erfüllt von dem Abscheu, den der Inspector ihr eingeflößt hatte, in den sich jedoch ein uneingestandenes, untergründiges Gefühl des Fasziniertseins mischte – denn sie hatte mit jungen Männern ihres Alters nicht eben häufig Umgang … Jemand trommelte gegen die Tür. Es handelte sich um einen Polizisten, der in Begleitung von Kulis, die schmale Holzkarren hinter sich herzogen, die Leichen abholen wollte.

Ächzen und Stöhnen drang in regelmäßigen Abständen und wechselnden Tonlagen aus dem großen Krankensaal. Vergebens rief man nach Pflegerinnen und Helfern, man rang die Hände, weinte bittere Tränen. Die vernachlässigten Patienten gaben sich heulend und jammernd der theatralischen Zurschaustellung ihrer wahrhaftigen Leiden hin. Erneut versuchte die mit Kupferröte geschlagene Oberschwester mütterlich, dem dicken Mann, der den ganzen Morgen, von Hitze, saurem Schweiß und Fliegen eingehüllt, in unruhigem Schlaf verbracht hatte, den Zutritt zu verwehren. Erneut schob jener sie beiseite.

»Das ist wirklich unmöglich! Sie stören ihn! Sie halten ihn von der Arbeit ab! Ich verbiete Ihnen …«

»Kommen Sie, Schwester, Sie wissen doch genau, dass er sich mehr für meine Leichen interessiert als für seine noch lebenden Patienten!«

»Sie sind ein … Ich werde tun, was in meinen Kräften steht, um zu verhindern …«

Du hast dich schon immer mit all deinen Kräften jedem Manneskörper widersetzt, der dir näher als ein Yard kam, dachte Peabody bei sich, und ging mit einer Freundlichkeit bar jeder Aufrichtigkeit seines Wegs.

Mürbe wie eine alte Zigarre, ausgetrocknet und pergamenten, mutete der Mann an diesem Abend nachgerade tot an: Derselbe skelettartige Greis zog mit seiner dicken Zehe am selben Seil, und der Punkah verwirbelte in kurzen Stößen die sengend heiße Luft des Krankenhauses, die trotz Formol und Desinfektionsmitteln vom schweren Gestank der Fäulnis geschwängert war. Der eröffnete Körper des niedergeschossenen Strolchs lag auf einem Tisch. Millers Leichnam ruhte auf einem anderen, halb bedeckt von einem Laken, in einer Atmosphäre wie in einer Fleischerei. Der Magen war aufgeschnitten. Das strenge Gesicht mit dem stahlgrauen Backenbart war am Hals und an der Stirn von grünlichen Flecken marmoriert und wirkte noch galliger als am Abend seines Todes. Die Flamme der Lampe flackerte. Beim Eintreten wurde Peabody von einem sehr ausgeprägten Knoblauchgeruch überrascht. Als der Arzt, der mehr denn je einem rosigen und gut gekämmten Knaben glich, ihn erblickte, stellte er das Brandyglas wieder ab, das er gerade in einem Zug geleert hatte. Auch diesmal waren Eingeweide unordentlich arrangiert worden; es roch streng und wimmelte von Fliegen.

Der Arzt brach in ein heiseres Gelächter aus. Er hielt einen geschwärzten Teller in der Hand: »Ich habe den beiden das gesamte verfügbare Formol injiziert, damit sie nicht zu schnell verwesen, aber dazu müsste man schon einen ganzen Tank voll bestellen! Treten Sie näher, Sie werden gehörig was zu lachen bekommen. Was den da betrifft, bestehen keinerlei Schwierigkeiten. Zwei verdammte, gut platzierte Kugeln haben ihn aus diesem Tal der Tränen geholt. Wer ist das eigentlich?«

Peabody hatte nicht die leiseste Ahnung: »Kümmern Sie sich nicht drum.«

»Er gehört also nicht zu Ihrer Kundschaft. Ich dachte, Sie kennen das ganze Gesindel dieser Provinz beim Vornamen?«

»Lassen Sies gut sein. Irgendwelche besonderen Merkmale? Keine Erweiterung des ...«

»Sie denken ja wirklich nur an das eine, ich muss schon sagen! Nun denn, keine besonderen Merkmale, nein. Um die Dreißig. Bei bester Gesundheit.«

Peabody schnaubte wie ein Pferd, das ungeduldig im Stall

scharrt, und wünschte die gesamte Menschheit der Verdammnis anheim.

Der Mediziner fuhr fort: »Was den Ingenieur Miller betrifft, so ist er tatsächlich durch Strangulation gestorben …«

»Die Schnürbandmale sind prächtig.«

»Ich will Ihnen gestehen, dass ich Druckstellen vorziehe, die von Fingern herrühren. Da habe ich schon ganz zarte gesehen, sehnige, ja lyrische, würde ich sagen, den schönsten Skulpturen dieses Landes ganz und gar ebenbürtig, wie im Liebestaumel entstanden, hätte man meinen können.«

Peabody kniff die Augen zusammen, während der Arzt sich einen Brandy nachschenkte und im Ton vertraulicher Offenbarungen weiter ausführte: »Stranguliert – doch sein Magen enthielt genügend Gift, um einen verdammten Assamelefanten umzubringen.«

»Gift?«

Nun schwenkte der Mediziner den Teller, in dessen Mitte ein spiegelnder schwarzer Fleck glänzte: »Kennen Sie den Marsh'schen Apparat, Inspector?« Dabei zeigte er auf einen Glaskolben, an dem ein Austrittsrohr angebracht war.

»Nur dem Namen nach. Ich hatte noch nie die Gelegenheit …«

»Er ist gerade hier angekommen.«

Plötzlich platzte die Oberschwester herein, das rote Gesicht verlieh ihrer Verärgerung Nachdruck. In gutmeinend vorwurfsvollem Ton erinnerte sie den Arzt daran, dass die Patienten warteten und wahrlich Dringenderes als diese ekelhaften Autopsien seiner Aufmerksamkeit harrten. Peabody bemerkte den Schatten eines Schnurrbartes und versuchte, die Formen unter ihrem Kittel auszumachen.

Der Arzt wich einen Schritt zurück: »Sie haben Ihre Arbeit, Schwester, und ich die meine. Wollen Sie uns bitte schön alleine lassen. Ich mache meinen Rundgang schon noch.«

Mit einem feindseligen Blick auf den Polizisten ging die Frau hinaus. Die überbesorgte Mutter, dachte jener bei sich.

Der junge Mediziner winkte hinter ihrem Rücken unbekümmert ab. Er stürzte einen gehörigen Schluck Alkohol hinunter und zwinkerte Peabody zu. Seine Zunge stolperte leicht, als er sagte: »Eine Pest ist das, andauernd diese Störungen! Wo waren wir gerade? Wird dieser Apparat dem Verbrechen Einhalt gebieten? Hat der materielle Fortschritt schon jemals einen Fortschritt des Geistes gezeitigt oder wird er es eines Tages tun? Nun, Sie alter zynischer Polyp, der Sie so gierig an Ihrer Zigarre nuckeln wie ein verdammtes Balg an der Titte seiner Mutter, was meinen Sie dazu?«

»Zynisch ... aus beruflicher Notwendigkeit. Ich verkehre ja nicht mit Kohorten gefiederter Engel, die den lieben langen Tag Harfe spielen.«

»Die verfluchten Engel! Die würden Sie zu Tode langweilen.«

»Ganz ohne Zweifel. Und was den materiellen Fortschritt betrifft, so würde ich Ihnen mit Nein antworten. Wir sind nicht weniger grausam, sadistisch, habgierig und unfähig zu lieben als unsere Vorfahren aus Sumer oder Babylon. Auch wir verehren Gott nur dann, wenn er uns irgendeinen Nutzen bringt, allerdings ohne dass wir den Mut hätten, dies auch einzugestehen, Mut, den die Hindus mit ihren Millionen Gottheiten besitzen. Bloß putzen wir uns die Zähne und waschen uns die Füße, binden uns Krawatten um und reisen im Zug oder im Dampfschiff herum.«

»Teufel, Sie gehen ja ziemlich weit. Nihilistischer als ein russischer Student! Doch schauen Sie sich mal meinen verdammten Marsh'schen Apparat an. Zink und Schwefelsäure scheiden Wasserstoff ab. Man fügt die verdächtigen und gefilterten Flüssigkeiten aus dem Mageninhalt hinzu. Falls Arsen enthalten ist, verbrennt das entweichende Gas mit fahler Flamme und verströmt dabei den Geruch von Knoblauch. Nehmen Sie ihn wahr?«

Der Inspector nickte.

»Und die auf dem Porzellan ausgefällten Salze sind überaus charakteristisch. Ich bin absolut sicher, Miller ist vergiftet worden, ehe er – offensichtlich – stranguliert wurde.«

Der Arzt streckte die Hand nach der Flasche aus: »Nehmen Sie auch einen?«

Peabody machte eine ablehnende Geste. Er dachte nach und äußerte schließlich, mit schülerhaftem Ernst: »Arsen oder Fliegenstein führt doch in nur wenigen Stunden zum Tode, dem Erbrechen, heftige Leibschmerzen und Durchfälle vorausgehen?«

»Richtig.«

»Das letzte Stadium zeichnet sich durch Krämpfe, gefolgt von Benommenheit und kollapsartiger Schwäche aus?«

»Richtig.«

»Dieses Gift ist völlig farb- und geschmacklos?«

»Genau.«

»Und ist in Nahrungsmitteln nicht auszumachen?«

»Genauso wie ein sündiger Gedanke im Herzen eines Sterblichen, mein Teurer: in keiner Weise!«

Der Mediziner leerte sein Glas und goss sich erneut nach. Mittlerweile regelrecht betrunken, rief er einen Gehilfen herbei, der für das Einsammeln der Eingeweide zuständig war, und wandte sich dem Inspector zu: »Bewundern Sie diese Organe. Die beiden da hätten leicht hundert werden können.«

Peabody trat hinaus in das Jammern und Klagen. Er hörte dumpfe Geräusche, so als würde ein Patient geschlagen oder als ließe er sich zu Boden fallen. Der widerliche Gestank von Fieber und Urin schien während seines Besuchs noch zugenommen zu haben. Der Gips an den Wänden quoll abszessartig auf. Und üble Gerüche nach angebranntem Fett hingen in der Luft. Wahrscheinlich von Besuchern, die im großen Krankensaal einen Kocher angezündet hatten, um ihre siechen Angehörigen zu beköstigen.

Wenn die Durchsicht der Papiere und des Terminkalenders auch nichts erbracht hatte, so war das bei Ingenieur Miller aufgefundene Notizheft hingegen recht lehrreich gewesen. Mehr, als der Inspector es sich erhofft hatte, beinahe zu lehrreich, denn die völlig unverschlüsselten Buchungen und Aufzeichnungen in diesen Blättern, festgehalten von einem Mann, der seiner selbst so sicher gewesen war, dass er jedwede Vorsicht außer Acht ließ, waren wahrlich brisant. Manipulierte Voruntersuchungen, schludrig ausgeführte Arbeiten, schadhafte Werkstoffe, verbilligt erworben und der Verwaltung zum vollen Preis in Rechnung gestellt, horrende Schmiergelder, die der Ingenieur zum Lohn für diese Machenschaften einstrich ... Der Vermerk *»gv.«* neben nicht unerheblichen Summen zeigte klar und deutlich den Preis für des Gouverneurs Wohlwollen an. Da war genug Schmutz vorhanden, um die Provinzobrigkeiten, die Eisenbahngesellschaft und jedermann bis hinauf zum Vizekönig in seinem Palast im fernen Kalkutta ins Wanken zu bringen. Es sei denn, all diese Einzelheiten würden, zur Unzeit publik gemacht und von keinerlei Beweisen untermauert, ihn, den obskuren Polypen, in die Versenkung befördern. Somit, und fast wie nebenbei, stellten sich seine Ermittlungen mit einem Mal als weit fortgeschritten heraus. Wer konnte ein Interesse daran haben, diesen Ingenieur von der Bildfläche verschwinden zu lassen, der es zu weit getrieben hatte und zu viel wusste, wenn nicht seine hochgestellten Komplizen? Sie hatten die Macht und die Mittel, ihn völlig ungestraft mit Arsen zu vergiften ... Das Notizheft, das der Inspector nicht zu den Akten nehmen wollte – wobei er sich bewusst war, dass er sich damit ins Unrecht setzte – und für das er kein sicheres Versteck fand, brannte ihm nun auf der Speckschwarte.

Peabody saß in Unterhosen auf seinem Bett und kratzte sich skeptisch den Nabel. Die Haut zwischen Doppelkinn und Hals war stark gereizt. Er hatte seine Halbstiefel ans andere Ende des Zimmers geworfen, und seine Nase schimmerte rötlich unter der Lampe. Ruhig Blut, Josaphat. Puder dir den Hals, die Falten am Bauch und die Oberschenkel mit Talkum ein. Hustend zündete er sich eine kleine grüne Burmazigarre an.

Die Vernehmung der Freundin, bei der Mrs. Miller an dem schicksalhaften Abend zu Besuch gewesen war, hatte nichts ergeben. Mrs. Parker war eine alte verknöcherte Bürgersfrau mit wenig Witz und Verstand. Nur einmal war sie aus ihrer Lethargie aufgewacht und hatte ihr Gejammer über die Eingeborenen unterbrochen: Um ihn, der zur allgemeinen Entrüstung nie einen Fuß in die Kirche setzte, für die Predigten eines feurigen jungen Reverends zu interessieren, welch selbiger seit einem Monat bei den Engländern Hahn im Korb war und den Peabody für einen Einfaltspinsel hielt. Diese Parker war dämlich, und er hatte es aufgegeben, irgendetwas aus ihr herausholen zu wollen, und sei es auch nur Klatsch und Tratsch. Zumindest hatten ihre Diener ihm versichert, dass Mrs. Miller am fraglichen Abend recht früh aufgebrochen sei, weil sie das Gebrodel in der Stadt anlässlich der zehnten Nacht des Muharram gefürchtet habe.

Vergebens hatte er seine Karteikästen durchforstet und seine Spitzel an dem unbekannten Toten, der von Stunde zu Stunde schlimmer stank, vorbeimarschieren lassen. Gleichwohl haben die Mörder den Fehler begangen, Millers Taschenuhr zu stehlen, dachte er. Diese Burschen sind keine

Leuchten. Sofern sie nur dringenden Geldbedarf haben – Opium, Charass, Gin, Glücksspiel, Frauen, Knaben, gute Gründe gab es schließlich in Hülle und Fülle –, wird die Uhr bald wieder auftauchen. Die werden sie ja nicht unbedingt tausend Meilen weit weg verscherbeln. Schließlich würden diese Schurken für zehn Rupien ihre Seele an den Teufel verkaufen. Geduld, Josaphat, die Zeit arbeitet für dich. Und hör auf, an Miss Jezabel zu denken. Sie ist unter einundzwanzig, sie ist minderjährig, wenn du sie hernimmst, wanderst du in die Strafkolonie.

Miller war unzweifelhaft stranguliert worden, die Schnürbandmale bezeugten dies. Demnach konnte man die Thugs in Betracht ziehen, jene besessenen Diener der Kali, die ihre Opfer zu Ehren der Göttin rituell erdrosseln und berauben. Jene Fanatiker, die alle Fremden hassen. Allerdings treiben die Thugs ihr Unwesen an abgelegenen Orten, in Wäldern und Hohlwegen, wo sie sich in den Hinterhalt legen, um einsame Reisende zu überfallen. Tötung in Tateinheit mit Einbruch trägt nicht ihren Stempel. Wenngleich ... sie erdrosseln stets mit Hilfe eines dünnen Bands. Wird nur ein einziger Blutstropfen vergossen, jagt man sie aus ihrer Bruderschaft und ihrer Kaste und verurteilt sie somit zum Verderben und dem langsamen Tod in den Wäldern. Außerdem tarnen sie die Gräber ihrer Opfer mit viel Geschick. Und obendrein ist ihre Sekte seit mehr als fünfzig Jahren im Niedergang begriffen. Soll sie der Teufel holen! Unfug! Er musste anderswo suchen. War es möglich, dass der Gouverneur Miller hatte vergiften lassen, um seine Machenschaften zu verschleiern? Durch welchen Mittelsmann? Diesen Koch mit seiner besonderen Vorgeschichte? Hatte man dem Ingenieur den Garaus gemacht, weil das Gift schlecht dosiert gewesen war und man befürchtet hatte, er könne lebend davonkommen?

Drittes Kapitel

Mit glänzenden Halbstiefeln, sorgfältig geknöpfter Weste, vorgewölbtem Bauch, schlenkernden Armen und einer gewissen Befangenheit, auch wenn er sich davon nichts anmerken ließ, stand Peabody mitten im Amtszimmer des Gouverneurs aufgepflanzt. Bereits im Vorzimmer hatte er ein Verhör durch dessen Sekretär, einen unangenehmen jungen Stutzer, über sich ergehen lassen müssen. Der hohe Beamte war verärgert, aus seinem Mittagsschläfchen gerissen worden zu sein, und hatte sich mit einem Hausmantel aus purpurnem Satin drapiert. Die kleinen Augen wollten unerbittlich blicken, und sein Backenbart war zerzaust. Dem Inspector, der ihm schon früher begegnet war, fiel erneut auf, dass der Mann sich im verzweifelten Bemühen, seine Kahlköpfigkeit zu verbergen, pomadisierte und sich die schütteren, nur mehr an den Schläfen wachsenden Haare quer über den braun gefleckten Schädel pappte.

Die Vorhänge, die Teppiche und selbst die grüne Filzabdeckung auf dem Tisch waren von kaltem Zigarrenrauch geschwängert.

»Ein Ingenieur der Eisenbahn wird im eigenen Heim ermordet! Einer meiner Freunde, ein ehemaliger Kommilitone, erdrosselt wie zu Zeiten der Thug-Sekte! Im Kreise seiner Familie, mitten in Ihrem Bezirk! Ich möchte nicht in Ihrer Haut stecken, sapperlot! Oh nein, Inspector! Wie wird Kalkutta auf diesen Ausbruch barbarischer Raserei antworten?«

»Ich wiederhole nochmals …«

»Ich pfeife auf Ihre Erklärungen. Damit Sie das wissen, ich halte Sie persönlich für die Situation verantwortlich! Sie waren unfähig, dieses Verbrechen aufzuklären oder es … diskret zu bemänteln.«

»Aber es wussten doch schon zehn Leute Bescheid, als ich an den Tatort kam. Und Sie kennen doch dieses Land: Um ein Geheimnis zu wahren …«

»Schweigen Sie! Sie werden die Last Ihrer eigenen Inkompetenz nicht noch auf andere abwälzen. Hier geht es um den Mord an einem Weißen, sapperlot, und nicht um den an einem dieser Paviane, wie Ihre blau gefärbte Leiche, auf die ich pfeife, damit Sie das wissen! Sie sind grotesk, mein Herr! Und Sie nutzen den Umstand aus, dass es an Ort und Stelle keinen Richter gibt, um nach Ihrer eigenen Lust und Laune zu verfahren!«

»Ist es denn meine Schuld, wenn dieser Posten seit Monaten nicht besetzt ist?«

»Keine Frechheiten! Hören Sie zu, alter Knabe: Sollte ich binnen einer Woche – ich sage ausdrücklich: binnen einer Woche – nicht erfahren haben, durch wen und weshalb mein armer Freund Miller ermordet wurde, werde ich Ihre Enthebung verlangen. Und glauben Sie mir, die bekomme ich auch, sapperlot! Ihre Akte spricht nämlich nicht für Sie. Sie bringen Schande über die Polizei des Empires! Könnten Sie mir einmal verraten, welchen Bedarf ein Gentleman daran hat, Hindustani zu sprechen und sich unter dem Vorwand irgendwelcher Ermittlungen in den übelsten Niederungen zu suhlen? Warum sind Sie nicht verheiratet und haben Familie, wie jeder normale Mensch? Ja, normal! Man weiß, wo Sie sich nächtens blicken lassen, werter Herr! Auch ich habe meine Informanten. Keine Religion, keine Moral! Erniedrigend! Nehmen Sie sich in Acht!«

Schnaufend und schwitzend runzelte Peabody die Stirn, während sein Gegenüber weiter schwadronierte. Er überdachte erneut, was er in dem hinterm Tresor entdeckten Heft gelesen hatte und dass ihn das das Leben kosten konnte. Der Grad an Korruptheit des Ingenieurs, sein abgekartetes Spiel mit dem Gouverneur übertrafen alles Vorstellbare. Erpressung, Veruntreuung, Drohungen: Einer der beiden Kumpane hatte sich womöglich den anderen vom Hals schaffen wollen. Wahrhaftig, dieser Einbrecher, oder so genannte Einbrecher, den Mrs. Miller erschossen hatte, musste identifiziert werden. Selbst ohne Wissen der Dienstboten – und was würde deren Wort gegen das seine wiegen? – hätte der Gouverneur den Ingenieur vergiften lassen können. Mühelos konnte man sich bei jedem x-beliebigen Grossisten für Drogeriewaren Arsen beschaffen. Der Marsh'sche Apparat war erst vor kurzem in der Stadt eingetroffen, und das wusste der Gouverneur nicht. Derselbe Gouverneur würde mitnichten zögern, ihn, Peabody, zu beseitigen, sollte er ihm gegenüber den leisesten Verdacht hegen. Eine Gestalt, die ihr Haar über den Schädel gepappt trug, war zum Schlimmsten fähig. Das Notizheft musste unverzüglich an einem sicheren Ort hinterlegt werden. Der Inspector schauderte. Draußen heulten sich die Hunde zu Tode. Man hörte die Posten im Flur auf und ab gehen. Der pomadisierte Schwachkopf fuhr unterdessen mit seinen Sapperlot fort.

Die gleichen nackten roten Backsteinwände, das gleiche verdreckte Konterfei der Kaiserin, das gleiche Gestell mit den angeketteten Gewehren – der Polizeiposten am Fluss war nach demselben Muster wie der vom Basar errichtet worden. Zu dieser heißen Stunde hallte er, Gipfel der Ungebührlichkeit, von der laut schallenden Stimme Peabodys wider, der gerade die betretenen Polizisten sowie eine Gruppe von Männern ausschalt, welche man bei einer Razzia eingesammelt hatte: Nichts bleibt in Indien im Verborgenen, und Laster, Verrat und Verderbtheit stellen sich in aller Schamlosigkeit zur Schau – Moscheebettler, Bahnhofskrüppel ohne Beine, Lepröse, Opiumhehler, Zuhälter, Pissoirsodomiten, ganz zu schweigen von den Rikschaziehern und den ausgehungerten Elenden, die in den Müllhalden herumwühlen.

Hier kam es darauf an, die ganze Welt und insbesondere den Gouverneur wissen zu lassen, dass er, Peabody, nicht die geringste Spur im Mordfall Miller besaß, und seine Zuhörer würden schon dafür sorgen, dass diese Nachricht auch ausposaunt wurde. Der Polizist lief also auf dem Hof im Kreis herum und hielt der zerlumpten Plebs eine Standpauke: »Eins kann ich euch versprechen, falls ich nichts zum Mord an dem Railway Injinir Sahib erfahre, werdet ihr alle es bedauern, in eurer gegenwärtigen Inkarnation wiedergeboren zu sein!« Dann richtete er einen pummeligen Zeigefinger auf einen Leprösen, dem bereits die letzten Fingerglieder abfaulten: »Du da! Ich weiß, dass eure gottverdammte Bettlergilde im vorigen Monat mehr als fünftausend Silberrupien eingenommen hat, und dass sie das nur der Arglosigkeit hier durchreisender Pilger und der Nötigung und Erpressung reicher Kaufleute verdankt.«

»Ich weiß rein gar nichts über diesen Mord, Inspector.«

»Ihr seid auch zu schlau, um euch an einem Engländer zu vergreifen! Raus! Verschwinde!«

Nun wandte er sich einem Wicht mit fliehender unterer Gesichtspartie, Mauseschnurrbart und viel zu langen Fingernägeln zu – viele Taugenichtse hatten die Gewohnheit, die Nägel übermäßig lang zu tragen, um deutlich zu machen, dass sie sich nicht zu gemeiner Hände Arbeit herabließen. Er steckte in einem schreiend bunten, viel zu engen Hemd und einer Hose nach abendländischer Mode.

»Du! Du hast den Brahmanen Kinder von fünf Jahren zugeführt!«

»Wie könnte ich es wagen, mich den Wünschen der Brahmanen zu widersetzen? Wer bin ich denn? Und die Eltern haben Geld gebraucht. Außerdem: Wer kann Ihre Behauptungen denn bezeugen, Inspector?«

»Ich habe keine Beweise, aber ich weiß Bescheid. Eines Tages werde ich dich festnageln, und dann wirst du den Dschungel roden dürfen und dabei eine Eisenkugel hinter dir herschleifen. Raus jetzt, bis dieser gesegnete Tag kommt! Geh mir aus den Augen, oh Sohn einer Hyäne, Spross einer verderbten Kaste unrechter Gottheiten! Raus! Alle raus! Geht euer Mittagsschläfchen halten!«

Miller war gerade unter großem Tamtam sittlicher Entrüstung beerdigt worden. Die weitschweifige Homilie des Reverends hätte noch einem Henker Tränen entlockt, und der Gouverneur hatte sich auf dem Friedhof von der eigenen Eloquenz mitreißen lassen, als er dem treuen Diener des Empires und ergebenen Streiter für die Zivilisation die Leichenrede hielt. Hatte doch – dank seiner Mühen – das Schienennetz die Segnungen des Handels und der Bildung bis in die abgelegensten Flecken verbreitet. Mrs. Parker, enge Freundin der Familie, war gegen sämtliche Konventionen vor dem gähnenden Grab in Ohnmacht gefallen. War sie etwa die Geliebte des Verblichenen gewesen? Auch ohne Indiz in diese Richtung nahm Peabody sich vor, sie nochmals aufzusuchen. Man hatte die stoische Gefasstheit der hinter ihrem schwarzen Schleier versteckten Witwe bewundert, und ebenso die der Nichte, die ihre Tante stützte und ihr ständig ins Ohr flüsterte. Nur der alte schottische Offizier und der dicke Polizist hatten sich in der Nachhut des Leichenzuges angesehen, gleichwohl ohne ein Wort zu wechseln. Sie waren einander nicht vorgestellt worden.

Da er in dieser heiklen Zeit wohl kaum um eine dreitägige Beurlaubung, zumal noch aus persönlichen Gründen, ersuchen konnte, entschied sich Peabody dafür, einfach zu verschwinden. Unsichtbar reiste er also in der Anonymität der dritten Klasse, in drangvoller Enge zwischen Obstabfällen und dem Erbrochenen von aufstoßenden Säuglingen, wechselte mehrmals den Zug, um etwaige Verfolger abzuschütteln, ernährte sich zu seinem großen Verdruss von scharf gewürzten, in Papiertüten feilgebotenen Kichererbsen und traf schließlich in Kalkutta ein. Nachdem er lange antichambriert hatte, hinterlegte er das denkwürdige Notizheft in einem versiegelten Umschlag und mit ausführlichen Instruktionen versehen im Tresor eines Anwalts von gutem Ruf, dessen Dienste er mit mehreren Wochen seines Einkommens bezahlte. Daraufhin kehrte er umgehend zum Bahnhof zurück und reservierte sich für die Rückfahrt mit seinen letzten Rupien ein Erster-Klasse-Abteil. Den Neugierigen gegenüber gedachte er durchblicken zu lassen, dass er sich, als unbefriedigter Junggeselle, zu Stätten des Vergnügens von etwas gehobenerem Niveau als gewöhnlich begeben habe.

Lastträger stießen zusammen, tief gebeugt unter verschnürten Säcken, Bananenbüscheln oder fliegenbedeckten Stücken vom Schlachtvieh. Steine wurden als Gewichte in die Waagschalen gelegt. Hausmütter gerieten sich mit den Händlern in die Haare, Bettler jammerten, skelettgleiche achtzigjährige Witwen lasen, einen weißen Schleier vors Gesicht geschlagen, Reis aus einem geplatzten Sack Korn für Korn auf, Spitzbuben lauerten auf eine schlecht geschlossene Tasche. Möhren und Bohnen türmten sich auf, schwarze, grüne und korallenrote Linsen quollen aus Säcken hervor, Chili und Knoblauch hingen in Gebinden herab. Unter einem Kessel fachte man mit Reisern ein Feuer an. Von einer hohen Mauer sprang ein Affe herab, schnappte sich eine Banane und floh mit gefletschten Zähnen. Junge Burschen rannten unter lauten Warnrufen umher, Tabletts voller Teebecher auf den Köpfen. Ein Kunde von stattlicher Erscheinung, mit purpurrotem Turban, gezwirbeltem Schnurrbart und einem schweren Ring am rechten Ohr, ließ eine Silberrupie klimpern, während er sein Gegenüber mit Blicken maß. Ein jeder war erschöpft, denn die Hitze nahm ständig zu und der Fluss sank Tag um Tag, ohne dass irgendein Zeichen die Ankunft der Regenfälle ankündigte.

Während Peabody sich einen Weg durch dieses Getümmel bahnte, gab er einem Mann, der auf der Schwelle einer Goldschmiede stand, ein unmerkliches Zeichen, woraufhin dieser zur Erwiderung die Brauen hochzog. Es handelte sich um einen dickbäuchigen Mann um die Sechzig mit rabenschwarz gefärbtem Haar, der mit seinen feuchten, angemalten Lippen lächelte, als wollte er Küsschen verteilen. Er verharrte reglos auf der Ladenschwelle, bis er den Engländer verschwinden sah, rief dann einen Befehl ins Innere und schlüpfte ebenfalls in die Menge, dem Inspector hinterdrein.

Eine Viertelstunde später fanden sich die beiden Männer Seite an Seite außerhalb der Stadt, im Schatten eines verfallenen Mausoleums mit zerbröckelnder Kuppel wieder. Es lag mitten in einer Brache, wo räudige Kühe grasten und ein Esel zwischen zerbrochenen Backsteinen von einem Grashalm zum anderen irrte. Ein halbnackter Lumpensammler begutachtete einen aufgetrennten Schuh.

Der geschminkte Goldschmied machte einen Bückling und stimmte eine lange Begrüßung auf Arabisch an: »Möge der Friede mit Ihnen sein, und die Barmherzigkeit Allahs, und Sein Segen!«

Dann fuhr er halb auf Hindustani, halb auf Englisch fort: »Meine Hochachtung, Inspector Sahib. Möge der Boden unter Ihren erlauchten Schritten mit Smaragden eingelegt sein! Dass Ihre glorreichen Ahnen geehrt werden, und Ihr Geschlecht gedeihe!«

Peabody erwiderte seine Höflichkeiten, ehe er ansetzte: »Ich habe ein Wörtchen mit dir zu reden, Roknoddin, oh Pfeiler-der-Religion! Wie ist dein Befinden? Gut? Floriert dein Geschäft? Bestehlen dich deine engelsgesichtigen Verkäufer nicht zu arg? Hast du dir den Hintern gebührend enthaaren, parfümieren und salben lassen, um dich von muskulösen Epheben stopfen zu lassen?«

Peabody deutete mit den Hüften obszöne Zuckungen an, als würde er vögeln. »Verlachen Sie einen alten Mann nicht.«

»Genug gescherzt. Ich weiß, dass der Koch des Railway Injinir Miller, dieser Bursche mit den Säbelbeinen, einer deiner Liebhaber ist. Du kennst das Gesetz zur Sodomie. Du weißt, wie unerbittlich es widernatürliche Sitten unter Strafe stellt. Du verstehst mich. Solltest du mir nicht binnen drei Tagen etwas Handfestes mitgeteilt haben, buchte ich dich ein – in Einzelhaft natürlich, und nicht mit brünstigen Strolchen zusammen. Das wäre ja verlorene Liebesmühe.«

Roknoddins Gesicht erblasste unter seiner Schminke. »Geraten Sie doch nicht so außer sich, Inspector Sahib. Sie werden alles erfahren, was ich herausbekommen kann. Aber dieser Koch ist nicht glaubwürdig ...«

»Das weiß ich: Er wurde gebührend in unsere Kartei aufgenommen – so wie du im Übrigen auch. Gott verdamm ihn! Nebenbei bemerkt, er ist hässlicher als eine Laus, dein Soßenverkocher, mein guter Roknoddin. Ich hoffe nur für dich, er besitzt irgendwelche verborgenen Reize.«

Peabody kicherte, machte mit der Zunge ein vielsagendes Geräusch und ging dann ins offene Gelände davon. Der Goldschmied hingegen schlug die Richtung zur Stadt ein. Eine der Kühe stieß ein langes Muhen aus. Ein zerlumptes

Individuum hockte mit heruntergelassenen Hosen vor einer Mauer, und ein Kind ließ einen Drachen steigen. Unter der unerbittlichen Sonne flog, an einem wolkenlosen Himmel, ein Milan über die zerfallende Kuppel des Mausoleums.

Der barfüßige Posten, dessen Wickelgamaschen mit Sicherheitsnadeln befestigt waren, kratzte sich, erloschenen Blicks und die Lippe über den Schneidezähnen geschürzt, die Achselhöhle, während er dem Inspector meldete, ein verlauster Bettler bitte um ein Almosen.

»Meine Tür steht jederzeit offen für die, die nach Barmherzigkeit suchen. Führ ihn herein.«

Ausdruckslos dreinschauend ließ der Wachmann einen verfallenen Leprakranken eintreten: Mit aufgedunsenem Gesicht, Hände und Füße waren in Auflösung begriffen, leierte der Bettler einen frommen Hindu-Singsang herunter. Peabody wies dem wie angewurzelt dastehenden Polizisten mit einem Fingerschnalzen die Türe. Der Bettler erging sich in übertriebenen Höflichkeitsbekundungen, bis der Inspector ihm eine Münze reichte, welche der Mann zwischen seinen Stümpfen auffing und augenblicklich in den Falten seiner braunen Lumpen verschwinden ließ: »Wird dies Geld, oh Meister der Hochherzigkeit, der du das Unrecht aufdeckst, wird dies Geld denn auch genügen, die Kunde angemessen zu bezahlen, deren Überbringer ich bin?«

Der Inspector öffnete eine Schublade und legte eine weitere Münze auf den Tisch: »Wir werden sehen. Meinst du etwa, ich könnte dir zu einer Pension der Regierung Ihrer Majestät verhelfen? Obwohl … alles in allem habe ich schon schlimmere Strolche als dich gesehen, die mit Pfründen überhäuft wurden. Also?«

»Ich habe Dinge über den Färbermeister erfahren. Sid ul-Cheyr ist nicht vertrauenswürdig. Häufig verlässt er seinen

Laden, um unter dem Vorwand, sich in die Moschee zu begeben, einfach nur herumzuschlendern, und der Bengel nutzt dies aus und stiehlt sich dann davon. Kurz gesagt, der Trog hat lange genug unbeaufsichtigt bleiben können, um …«

»Ist das alles, was du mir zu melden hast? Machst du dich über mich lustig? Der Teufel soll dich holen!«

»Die anderen Färber reden halt, und deren Arbeiter und Lehrlinge ebenfalls.«

»Gewiss. Das sind Menschen wie andere auch. Sie erfreuen sich am Unglück anderer, sind missgünstig, verleumderisch, und ziehen über andere her. Und weiter?«

»Sie haben Schatten gesehen, auf den Dächern …«

»Rede, zum Teufel!«

»Den Schatten einer schwarz verschleierten Frau, die mit einem riesigen, in Stoff gewickelten Bündel über den Schultern auf den Terrassen herumgelaufen ist.«

»Soll das heißen …«

»… so groß wie ein menschlicher Rumpf, ja. Aber mehr weiß ich nicht.«

Peabody schüttelte den Leprakranken derartig durch, dass dessen verbliebene Körperglieder in Gefahr gerieten. »Eine junge Frau, eine alte?«

»Eine gedrungene. Mit kräftigen behaarten Knöcheln. Dicke, ganz schwarze Haare. Wie … ein nächtlicher Dämon. Das Kind, das mirs erzählt hat, war noch ganz starr vor Schreck.«

Peabody steckte die Rupie wieder in die Schublade. »Behaarte Knöchel? Bringt dich das auf Gedanken? Man weiß ja, dass das letzte Organ, das bei euch Leprakranken noch funktioniert, der Zeugungsziemer ist! Los, geh! Zurück an deine Arbeit!«

Der Bettler verschwand wie der Blitz.

Eine zerbrochene Zigarre zwischen den Fingern rollend,

saß Peabody zwischen den Polizisten, die im Posten emsig umherwuselten, und brütete finster vor sich hin. Die haarigen Knöchel waren aufschlussreich. Ein unter dem Purdah vermummter Verbrecher? Das wäre allerdings etwas Neues, denn den Männern war für gewöhnlich jedwede weibliche Verkleidung zuwider, diejenigen natürlich ausgenommen, deren Broterwerb eben darin bestand: große kichernde Teufelinnen in leuchtenden Saris, die ihre Kunden bei den Heiligtümern aufgabelten. Doch was hatte diese Zerstückelung für einen Sinn? Menschenopfer zu Ehren Kalis, mit denen die Fruchtbarkeit eines Ackers gesteigert werden sollte, blieben ja aufs Land beschränkt. Eine Familienfehde? Da hätte man erst einmal wissen müssen, wer der Tote war, um weiterzukommen. Das Werk eines Irren? Diese Hypothese krankte daran, dass sie zu billig war. So oder so hatte er mit dem Mord an Miller ganz andere Sorgen. Jedenfalls durfte er nicht vergessen, den Färbermeister, den frommen Sid ul-Cheyr, freizulassen.

»Sie haben die Beine breit gemacht, ohne sich bitten zu lassen, oder? Er hat Sie wie eine Eselin gestoßen! Sie waren seine Geliebte! Ich weiß es! Leugnen Sie nicht!«

Vor Schreck hätte die alte Dame beinahe ihre Stickarbeit fallen lassen, eine Darstellung dreier Kätzchen, ein schwarzweißes, ein fuchsiges und ein getigertes, die in einem ausgepolsterten Korb mit einem Strauß Narzissen spielten. Stammelnd riss sie die Augen auf. Peabody stapfte auf dem abgetretenen Läufer hin und her und täuschte heftige Empörung vor, während die Angesprochene, von seinen Anschuldigungen ebenso schockiert wie von seiner rohen Redeweise, stotternd und stammelnd alles abstritt. Mrs. Parker – ihr verwelktes Gesicht war von weißen Stoppeln gespickt – schwankte vor Scham, als sie hörte:

»Er hat Sie gebumst, dieser Schweinehund, und Sie verlangten nach mehr! Und dann hat die Sache eine üble Wendung genommen. Aus irgendeinem Grund, den ich noch aufdecken werde, haben Sie beschlossen, ihn zu beseitigen! Rache der verlassenen Geliebten!«

Wenngleich Peabody sich selbst lächerlich vorkam, konnte er jetzt, wo er erst einmal in Fahrt gekommen war, einfach nicht mehr umhin, diese Spur gründlich zu erforschen, bei der er deutlich spürte, dass sie nirgendwohin führte. Dass Mrs. Parker auf dem Friedhof ohnmächtig geworden war, hieß ja wahrlich nicht, dass sie auch Millers Mätresse gewesen war, und nichts deutete darauf hin, dass sie in dem Mordfall mit drin steckte.

Dennoch entschied er sich, noch ein Stück weiterzugehen, und brüllte: »Unzüchtige Kreatur! Horizontale! Messalina! Ich weiß es! Er hat Sie gebumst, dieser Zuchteber! Nichts geht über einen guten Stoß mit dem Schieber, nicht wahr, besonders in Ihrem Alter, man weiß ja nicht, wann sich die Gelegenheit wieder bietet!«

Mrs. Parker verlor das Bewusstsein, und die Kätzchenstickerei fiel zu Boden. Beschämt stahl Peabody sich davon, nachdem er mit einem Wink, der diskret sein wollte, einen Dienstboten herbeigerufen hatte. Grummelnd verfluchte er sich dafür, viel zu weit gegangen zu sein.

Der Fluss wälzte seine erdigen Fluten unter einer bleiernen Sonne dahin. Sein Pegel sank unaufhörlich, und es blieben ausgedehnte Inseln stinkenden Schlicks zurück. Über eine mit Ziegelsteinen gepflasterte Rampe führte ein Kornak, ein Elefantenführer, unter zerbröckelnden Befestigungsmauern aus rotem Sandstein seinen Elefanten gemächlich zum Bad. Zwischen den Zinnen tollten Affen umher und warfen Abfälle hinunter. Die Stoßzähne des

Dickhäuters waren abgesägt worden, und die silbernen Hülsen, die die Stümpfe schmückten, glänzten bisweilen kurz auf. Weiter entfernt breiteten Wäscherinnen auf dem spärlichen Ufergras blütenweiße Laken, safrangelbe Tempelbanner und Saris in leuchtenden Farben aus. Raben und Geier suchten den Schlamm ab. Ein Büffelkalb hüpfte um seine Mutter herum. Am anderen Ufer schnaufte eine einzelne Lokomotive, auf deren Trittbrettern an die zwanzig Eisenbahner standen. Ihre Turbane leuchteten, roten Tulpen gleich.

In einem kleinen, der Verwahrlosung preisgegebenen Pavillon aus der Mogulzeit, der hoch oben auf der Befestigungsmauer erbaut worden war und über das Wasser hinausragte, hockte Peabody lauernd in einer Ecke auf seinem Staubmantel, von säuerlichem Fledermausgeruch umhüllt. Er wartete lange, schaute ständig auf seine Uhr, betrachtete den göttlichen, an Tod und Wiedergeburt unendlich reichen Fluss mit einer solchen Eindringlichkeit, dass er schließlich einnickte. Als er dann von einem Streit zwischen den Wäscherinnen jäh aus dem Schlaf gerissen wurde, schaute er ein allerletztes Mal nach der Uhrzeit und verschwand so flink wie ein Taschendieb.

Die beiden Männer hatten sich Seite an Seite im Garten des Krankenhauses eingefunden, mitten in tiefster Nacht, am Ende eines Sandwegs, der an einen Graben stieß; daneben ein trockener Springbrunnen, auf dem ein fetter, fratzengesichtiger Putto aus Bronze – »GUSS BOULEVARD VOLTAIRE, PARIS« – mit seinen fleischigen Händen eine Weintraube auspresste. Peabody saß auf einer Bank. Der beinlose Krüppel mit dem kurzgeschnittenen weißen Haar kauerte, das asketische Gesicht maskenhaft erstarrt, fest auf seinem Rollbrett. Er sprach mit leiser Stimme:

»Der Färber Sid ul-Cheyr ist sehr besorgt um sein Seelenheil. Er muss sich einiges vorzuwerfen haben.«

»Das sagst du so, Ashok. Erzähl weiter.«

»Er geht fünfmal am Tag zum Gebet in die Moschee in der nördlichen Vorstadt, wo ein Derwisch aus der North West Frontier Province zum Heiligen Krieg gegen den British Raj aufruft.«

Peabody gab einen leisen Rülpser von sich und rieb sich die Innenseite der Schenkel, dass sein beachtlicher Wanst bebte: »Das ist mir nicht neu, Ashok. Ich wusste das schon vor deiner Geburt, Ashok, und den Wortlaut der Predigt kannte ich auch. Ich hätte sogar selbst die Satzfolgen dieser billigen Rhetorik schreiben können, die den Dschihad predigt, der die Gläubigen von den Ingiriss befreit, diesen schweinefressenden Schindern des wahren Glaubens.«

Der Inspector schnäuzte sich in ein Baumwolltuch, gewaltiger als das Segel einer Dhau aus Bombay: »Und wer weiß, ob ich sie nicht geschrieben habe?«

(Ein Engel ging vorbei.)

»Wie ist das Befinden deiner Familie, Ashok?«

»Meine Söhne und meine Frau segnen den Inspector Sahib und wünschen ihm fünfhundertfachen Wohlstand.«

»Passt mir gut. Den habe ich bitter nötig. Schick deine Kinder zur Schule; deine Einkünfte erlauben dir das.«

Peabody reichte dem Kruppel eine Munze, worauf dieser ihm mit ernstem Blick innigst dankte und sodann auf seinem Brett davonrollte, während er sich fragte, durch welch bösen Fluch er so tief hatte sinken können, dass er zum Polizeispitzel geworden war.

Der Inspector machte kehrt und schritt zu den Fenstern der Leichenhalle. Hinter den Mattglasscheiben brannte Licht. Wie ein herumschnüffelnder Hund presste er das Auge dicht an den Spalt des verzogenen Rahmens heran. Der knabenhafte Arzt stand mit aufgeknöpfter und halb heruntergelassener Hose mitten im Raum. Das Haar ausnahmsweise zerzaust und den Kopf zurückgeworfen sprach er – allerdings nahm man bloß den Klang seiner Worte wahr – auf die kupferfinnige Oberschwester ein, die in unzweideutiger Haltung vor ihm kniete. Die Hände des jungen Mannes spielten in den stahlgrauen Strähnen der Frau im weißen Kittel. Peabody unterdrückte einen Pfiff zwischen den Zähnen und schlich, nachdem er die Szene eine ganze Weile beobachtet hatte, auf Zehenspitzen davon.

Ein Polizist stieß den Mann, dessen Hände mit Handschellen hinterm Rücken gefesselt waren, rüde gegen die Wand des Polizeipostens, woraufhin jener sich auf die Fersen niederkauerte. Sein Bart war hennarot gefärbt, und er trug einen beeindruckenden Turban. Seine mit Kajal untermalten braunen Augen glühten vor Zorn. Peabody stand mit seiner gesamten Körperfülle über ihm. Die Lider halb geschlossen, leckte er sich gutmütig die Lippen: »Es wäre in der Tat zu deinem Besten, wenn du mir hier nicht den Geheimniskrämer geben würdest, mein Junge. Also, warum hast diesem Burschen Kopf und Glieder abgeschlagen und seinen Rumpf dann in den Trog des Färbers geworfen? Denn du hast ihn gekannt, nicht wahr? Und er hat sich geweigert, einen Beitrag für deine Zunft zu entrichten? Du hast geglaubt, er würde dich verraten? Ich kenn euch doch! Ich kenne euch alle! Ich weiß, an welchem Tag ihr den Eid abgelegt habt, uns aus Indien zu verjagen!«

Sein Gegenüber wand sich und spie kurze Sätze auf Belutschisch aus.

»Spiel nicht den unbedarften Gebirgler. Ich habe dich gehört. Du kennst den Koran und predigst ganz annehmbar in Hindustani. Unter uns, es ist nicht sehr klug, auf dieser Seite der Grenze zum Heiligen Krieg aufzurufen! Das bedeutet Hochverrat, mein Junge. Und du kennst den Preis: der Strick. Sollte ich einen Schuldigen brauchen …«

Peabody verstummte und ging lange auf und ab, in Selbstgespräche vertieft. Plötzlich öffnete ihm ein tiefer Seufzer die Brust: »Ich habe wie ein Säugling geschlummert, und glückverheißende Träume haben meinen Schlaf begleitet. Von einem Berggipfel aus hat ein weißer Adler Rosen auf mich herabregnen lassen. Ja, ich habe wie ein unschuldiges Kind geschlafen, dem die Mutter die Stirn mit Küssen erfrischt. Du hast Glück, dass ich heute morgen ausgezeichneter Laune bin. Du wirst mit dreißig Stockhieben davonkommen.«

»Dazu haben Sie kein Recht!«

»Dir ist doch nicht fremd, dass Hindustan seit jeher das Land aller Ausschweifungen und Ungerechtigkeiten ist. Im Jenseits wird es dir vergolten, im Paradies der Gläubigen. Dann darfst du ran an die Huris! Na komm, dreißig Hiebe, ohne juristische Scherereien für dich. Nur so, aus behördlichen Gründen, unter Freunden sozusagen. Deine letzte Predigt war sehr unerfreulich. Das waren keine sonderlich gewählten Worte, derer du dich da bedient hast.«

»Ich werde mich beschweren.«

»Selbstverständlich. Du wirst dir einen Anwalt nehmen. Einen dicken, bengalischen, Bananen fressenden Babudji, der dich erst um die Hälfte deiner Herde erleichtert und dann deinen Prozess verliert!«

»Falls Sie jemals …«

»Falls ich dir jemals in Belutschistan, im abtrünnigen Gebiet, in die Pfoten geraten sollte, wirst du mich mit glühendem Eisen blenden, mich öffentlich vor deinem frohlockenden Stamm pfählen und meine Leiche den Hyänen vorwerfen. Darauf baue ich fest, mein Junge.«

Ein falsches Lächeln entblößte die gelben Zähne des Engländers, während er schnaufend seinen Kragen öffnete. »Einstweilen jedoch solltest du dich darauf einstellen, ein paar Wochen lang auf dem Bauch zu schlafen. Es sei denn, du möchtest lieber, dass ich dich ins Hauptamt des Daftar bringe, zusammen mit der genauen Niederschrift deiner Predigten. Sowie der vollständigen Liste deiner Anhänger. Oder einer Mordanklage. Das hieße, ins Mühlwerk zu geraten … Dreißig, und danach will ich dich nie mehr sehen.«

Er klatschte in die Hände und rief »Dilip!«, wobei er genau wusste, dass der Hindu den Moslem nicht schonen würde. Ein flachstirniger Koloss trat, seinen Schlagstock schlenkernd, ein, grüßte Peabody übertrieben ehrerbietig und kicherte hämisch in Richtung des Belutschen.

Im Garten wiederholte ein farbloser Vogel unermüdlich seinen Ruf. Ein unerbittlicher, erstickender Mittag drückte auf den Bungalow, an dessen Tür ein im Stehen schlafender Hilfspolizist Wache schob. In einem schmucklosen Zimmer mit Rattanmöbeln und verschmutzten Moskitonetzen lag Mrs. Miller stumm und zusammengekrümmt im Nachthemd auf dem Bett. Mit geschlossenen Augen hielt sie sich die Stirn. Ihre spitze Nase sah aus wie der Schnabel eines bejammernswerten, aus dem Nest gefallenen Vögelchens. Ihre Nichte glitt in Pantoffeln herbei, um ihr eine Tablette und in einer Tasse mit Rosenblütendekor einen Aufguss zu bringen. Während dieser von beklemmender Leere beherrschten Tage überließ sie es niemandem sonst, sich um Mrs. Millers Wohlergehen zu kümmern. Ohnehin machten sich die Diener, die inzwischen unregelmäßiger bezahlt wurden, rar, bis auf den Koch mit den Säbelbeinen, der die Frauen unverschämten Blickes, aus dem das Fett seiner Öfen förmlich zu triefen schien, beobachtete und der sich damit begnügte, irgendwelche Gott weiß wo erstandenen Gerichte aufzuwärmen. Auf einmal drehte sich Mrs. Miller, schweißnass unter ihrem Laken, auf dem Bett um und stieß in einem Seufzer aus: »Jezabel! Ich flehe Sie an! Können Sie diesen Vogel nicht zum Schweigen bringen?«

Das junge Mädchen zuckte mit den Schultern.

Die Nacht war undurchdringlich, nur ein paar Petroleumlampen mit Blendspiegeln sorgten für etwas Licht. Der Sekretär rückte seinen Krawattenknoten zurecht und prüfte zunächst seine tadellosen Halbschuhe, dann die manikürten Nägel: »Wir verlangen Ergebnisse. Nun treten Sie jedoch auf der Stelle, Peabody. Seine Exzellenz ist äußerst enttäuscht, dass Ihre Ermittlungen zum Mord an Mr. Miller nicht vorankommen.«

»Das hätte er mir zwar selbst sagen können, aber ich verstehe schon, dass seine überwältigenden Obliegenheiten es ihm nicht erlauben, mich zu empfangen. Hören Sie, werter Herr Sekretär, manche Morde sind binnen zwei Tagen gelöst, andere nach zwei Monaten oder zwei Jahren, wieder andere niemals, und derer sind Legion.«

»Ersparen Sie mir Ihre kriminologischen Gemeinplätze und machen Sie sich an die Arbeit, beim Jupiter! Die Laufbahn Seiner Exzellenz steht vielleicht auf dem Spiel, und es wird alles ins Werk gesetzt, um …«

»Ich habe verstanden.«

»Angesichts Ihrer Unzulänglichkeiten haben wir den District Superintendent benachrichtigt … (der jedoch nicht geruhte, sich eines Millers wegen herzubemühen, dachte Peabody) … und höheren Ortes wurde um den Beistand eines Coroners ersucht. Dieser Coroner wird in Kürze hier eintreffen. Sie werden sich seinen Befehlen unterstellen.«

Der Inspector erwiderte nichts darauf. Er fühlte sich auf

monströse Weise aufgequollen und schwitzte in Strömen. Nur unter großen Mühen vermochte er sein Verlangen zu zügeln, diesem Gecken die Faust ins Gesicht zu schlagen.

Vor einer flackernden Flamme blätterte Letzterer in einer Akte, die er aus einer Mappe hervorgezogen hatte.

»Peabody, Josaphat Mencius …«

Ein überlegenes Lächeln ließ sein hübsches Gesicht noch unangenehmer erscheinen.

»Josaphat Mencius! Nonkonformist von der Wiege an!«

Der dicke Mann ballte die Fäuste.

»Geboren anno 1839 in Manchester. In einer Familie … hm. Dieses Jahr sechzig geworden! Meine allerbesten Glückwünsche!«

Er ließ ein trockenes Lachen vernehmen. Peabody atmete tief durch.

»Tritt der Polizei bei im Jahre … Bewerbung … 1861 auf eigenen Wunsch nach Indien versetzt. Ledig. Mittelmäßige Dienstzeugnisse. Gute Kenntnisse des Hindustani. Findet Gefallen an der Gesellschaft von Einheimischen. Keine Auszeichnungen, keine Verweise, keine bekannten Laster, außer gelegentlichen Besuchen bei hiesigen Prostituierten. Sie trinken nicht, Sie rauchen weder Opium noch Charass, Sie begehen keine widernatürlichen Handlungen mit Stallburschen …«

»Schließlich kann ja nicht jeder aus dem Indian Civil Service kommen!«

Bei dieser bissigen Replik war der Dandy blass geworden. Seinen prompten Gegenangriff führte er mit schneidender Stimme: »Sie haben sich Mrs. Miller und Miss Jones gegenüber zu unverzeihlichen Anspielungen verstiegen. Sie sind mit der armen Mrs. Parker infam umgegangen, einer reizenden alten Dame, die Sie mit den unflätigsten Ausdrücken in den Schmutz gezogen haben. Wir werden Ihren Vorgesetzten gegenüber auf einer Disziplinarmaßnahme bestehen. Und was diesen harmlosen Prediger angeht, den einer Ihrer Schergen beinahe zu Tode geprügelt hätte, da haben Sie Ihre Befugnisse grob überschritten. Verlangt es Sie nach einem weiteren Aufstand in dieser Stadt? Auch in diesem Fall wird um eine Bestrafung ersucht! Nehmen Sie sich vor der Enthebung in Acht!«

Peabody wagte sich einen Schritt vor: »Ihr harmloser Prediger ist ein Fanatiker, der den Heiligen Krieg gegen uns predigt. Wünschen Sie Beweise dafür?«

»Einerlei. Die Elite ist auf unserer Seite. Sie weiß, wo ihr Vorteil liegt. Diese Reden, die in den Moscheen der Viertel geführt werden, bleiben ohne jede Wirkung. Jedenfalls ist all das kein Grund, gewalttätig zu werden. Und einige von Ihren Hilfspolizisten sind die reinsten Tiere ...«

»Loyale Diener der Krone, wenn auch gewiss nicht sonderlich feinsinnig. Ihre Amtszimmer hier sind den Realitäten allzu fern. Und was sagten Sie gerade, werter Herr Sekretär? Seiner Exzellenz Missfallen sei auf dem Siedepunkt angelangt? Seis drum! Darüber bin ich zutiefst betrübt. Im Übrigen unterstehe ich dem District Superintendent, und ich für meinen Teil werde ihm zu gegebener Zeit ebenfalls telegrafieren. Ein Coroner? Willkommen! Er wird die Last meiner Arbeit verringern, und ich werde ihm einen vortrefflichen Empfang bereiten. Und wo Sie mich eben so liebenswürdig daran erinnert haben: Ich habe gerade meinen sechzigsten Geburtstag gefeiert. Meine Laufbahn liegt bereits hinter mir, und um Ihre freundschaftlichen Warnungen schere ich mich nicht im Geringsten. Guten Abend, werter Herr Sekretär.«

Viertes Kapitel

Der Inspector wetterte entsetzlich vor sich hin, während er mit wedelndem Taschentuch die Fliegen verjagte und sich dabei unbändig kratzte. Ein paar Dörfler hatten an den vier Ecken eines frisch gepflügten Feldes die zerstückelte Leiche eines Erwachsenen entdeckt. Schon wieder ein verstümmelter Leichnam! Das wurde ja zur Gewohnheit. Allerdings fiel dieser Mord unter die Routinefälle: Offenbar hatte irgendein Bauer die Fruchtbarkeit seines Ackers steigern oder Regen herbeizwingen wollen und dazu versucht, sich der Gunst der Großen Göttin Kali Ma, der Schwarzen, zu versichern. Weshalb er die Furchen mit Blut besprengt und an den Achsen der vier Himmelsrichtungen die Gliedmaßen abgelegt hatte. Diese Ermittlungen hätte ein Fünfjähriger führen können: Derjenige, der das Feld bestellte, war zwangsläufig auch der fromme Opferbringer.

Vor Hitze glühend und mit dem Blubbern der Ruhr in den Gedärmen stürzte Peabody auf der Suche nach einem stillen Winkel hinter ein Mäuerchen. Anschließend rief er schwer atmend nach einer Droschke, feilschte lange um den Preis für die Beförderung, bis er das behelfsmäßig zusammengezimmerte Gefährt bestieg, das von einem Klepper mit vortretenden Rippen gezogen und von einem wahren Galgenvogel als Kutscher gelenkt wurde. Beinahe wäre der Karren unter seinem Gewicht zusammengebrochen. Auf seiner Sitzbank aus fauligem Samt blickte er um sich und schaute zu, wie die staubige Straße und die vertrockneten Felder vorbeizogen. Ohne einen Gedanken daran, dass er selbst noch vor kurzem den belutschischen Prediger völlig gesetzwidrig hatte durchprügeln lassen, forderte er den Kutscher auf, das Peitschen seiner Schindmähre zu unterlassen. Die Straße führte an einem Teich entlang, wo Büffel, bis zu den Nüstern im Wasser, zufrieden schnaubten. Auf einer nahen Wiese pickten Silberreiher mit entschiedenen Schnabelhieben das Ungeziefer vom Rücken weiterer Büffel. In einem kragenlosen Hemd und einem langen weißen Dhoti schritt ein magerer junger Mann mit langem Haar unter weit ausholenden Gesten am Ufer auf und ab und deklamierte in der Abgeschiedenheit Gedichte. Zu Hunderten krächzten glänzend schwarz gefiederte Raben in den Mangobäumen.

Schließlich trafen sie im Dorf ein, wo ein hundertjähriger Banyan-Baum seine tausend Wurzeln über dem Marktplatz ausbreitete. Hunde bellten, magere Hühner stoben in alle Richtungen auseinander. Das Viertel der Oberkaste mit seinen weiß gekalkten Lehmhäusern lag abseits der bäuerlichen Strohhütten. In dem Menschenauflauf, der sich noch in derselben Sekunde gebildet hatte, sprang Peabody ab. Schon hatte ihn ein kleines Mädchen von vier oder fünf Jahren, das bereits den Sari trug, bei der Hand genommen, um ihn zum Ort des Verbrechens zu bringen, und zog ihn nun mit ganzer Kraft vorwärts. Von ihren Türschwellen aus belauerten ihn die Frauen in Saris, die Stirn von einer zinnoberroten Tikka und die Fesseln von silbernen Fußreifen geziert. Bald zwanzig Leute schubsten sich gegenseitig und redeten alle zugleich. Dickbäuchig lagen die in weißen Baumwollstoff gehüllten Honoratioren auf ihren Riemenbetten und beobachteten Peabody hinter halb geschlossenen Lidern. In aller Gelassenheit kratzten sie sich an den Zehen und gaben einige »Tss, Tss …« der Missbilligung von sich. Sie führten ein Leben des Müßiggangs und hatten mit den abergläubischen Gebräuchen der Bauern nicht das Geringste zu schaffen. Peabody blieb eine Sekunde stehen, um den Geruch nach Kuhmist und menschlicher Scheiße, nach Futter, Vieh und überhitzten Palmwedeln zu schnuppern. Seine Nasenflügel bebten. Die winzige Hand des kleinen Mädchens lag kühl in der seinigen, und das Kind zwitscherte drauflos, erzählte ihm eine Geschichte in einer Mundart, die er nur schlecht verstand, während es ihn zu dem Feld mitzog, wo der makabre Fund gemacht worden war. Ein Schwarm Sittiche durchquerte kreischend den Hitzeschleier, der die Ebene erstickte.

Seine geflickten Sandalen stellte er auf einem Gestell im Hof ab, ging vor dem Becken für die Waschungen in die Hocke, besprengte sich auf die Schnelle das Gesicht und die Unterarme, wobei er darauf achtete, den Staub, der ihn bedeckte, nicht abzuwaschen. Dann wandte er sich zum Gebetssaal. Er hatte sich in unförmiges Sackleinen gehüllt und ein Ende seines Turbans übers Gesicht geschlagen. Weich breiteten sich die abgewetzten Teppiche unter seinen nackten Füßen, und er bewunderte die verhaltenen Schleifen der arabischen Kalligrafien an der Wand, die weiß auf grünem Grund die ALLEINIGKEIT, das ERBARMEN und die BARMHERZIGKEIT ALLAHS bezeugten. Im Dachstuhl faltete eine Fledermaus ihre Flügel auseinander.

In der hintersten Reihe der Gläubigen kniete er nieder und verneigte sich mit den anderen, lobpreiste Allah und setzte sich dann, um der Freitagmittagspredigt zu lauschen. Von seinem Predigtstuhl aus bemaltem Holz erläuterte der Imam, ein altes Männlein mit schütterem Bart, die Allgegenwart Gottes und die Eitelkeit des menschlichen Wissens, ein gefahrloses Thema, ohne jede Anspielung auf die Freveltaten der Rotröcke. Bestens. Mit durchgewalktem Rücken hatte der Belutsche die Sache gut sein lassen und sich in Luft aufgelöst.

Peabody behielt die Lider halb geschlossen und beobachtete alles um sich herum, ohne den Kopf zu bewegen. Wäre er in diesem Vorort erkannt worden, wie er die Moschee mit seiner unbeschnittenen Anwesenheit schändete, so hätte man ihn auf der Stelle gelyncht, und die Stadt wäre einmal mehr von Aufständen erschüttert worden. Doch schützte ihn seine Tarnkappe. Die Fledermaus ließ etwas Kot ab, der ihm die Schulter beschmutzte.

Abermals wurde Peabody im Heidenlärm des Basars vor dem Laden des Goldschmieds mit den bemalten Lippen langsamer, abermals tauschten sie ein Erkennungszeichen aus und trafen sich dann im Schatten des zerfallenen Mausoleums auf der Brache, wo inzwischen Schilfhütten emporgewachsen waren. Eine magere Kuh humpelte vorüber und kaute dabei an einem Stück Pappkarton.

»Möge der Glanz Ihres Ruhms genauso wenig verblassen wie der eines Gestirns, Inspector Sahib.«

»Gott behüte dich, oh Zelot aller Manneskraft. Und?«

»Ich habe Ihnen nicht allzu viel anzubieten. Mein großer Freund, der Koch im Hause Miller, weiß nichts.«

»Du hältst mich zum Narren! Ich werd dir ...«

»Er weiß *fast* nichts. Am Abend des Mordes hatte er frei. Wegen der Prozession.«

»Und wer hat dann an diesem Tag das Essen zubereitet?«

»Er. Anschließend ist er aber gegangen, und die Memsahib Miller oder die Miss dürfte es aufgewärmt haben.«

Peabody fuhr hoch, bedachte aber sofort, dass in einer Küche wie bei den Millers ständig ein halbes Dutzend Dienstboten sowie deren Vettern und Freunde ein und aus gingen. Jeder x-Beliebige, der nur für eine Minute hereingekommen wäre, hätte das für Mr. Miller bestimmte Gericht vergiften können. Kinder näherten sich ihm bettelnd, und er schaffte sie sich mit einer kleinen Münze vom Leib.

»Wiederhol das noch mal.«

»Das Essen war vorbereitet, und sie sind ausgegangen, vermute ich mal, außer sie hätten zusammen mit Injinir Miller kalt gegessen. Mein Freund selbst war ja schon weg. Warum?«

»Roknoddin, du stellst hier keine Fragen!«

Lediglich die Raben ließen keinerlei Anzeichen von Ermüdung erkennen. Die Mittagssonne brannte heißer und heißer. Im Cantonment waren die Amtsstuben geschlossen, und die Briten suchten vergebens nach etwas Kühle. Allein im süßlichen Geruch der Leichenhalle, trank der Arzt seinen mit trübem und lauwarmem Wasser verdünnten Brandy. Schmuck und sauber wie immer, doch bereits angesäuselt, stand er vor einem geöffneten Fenster, das auf ein freies Stück gelblicher Steppe ging, welches auf den Plänen der Einrichtung als »Hauptrasenplatz« ausgewiesen war, und sein müder Blick fand nirgendwo Halt. Die gescheuerten Tische glänzten, der Raum war von den wahllos herumliegenden Eingeweiden befreit. Zerstreut spielte der junge Mann mit einem Skalpell, während er auf die knallenden Türen horchte, auf die Klagen der Patienten, einen Arbeiter, der vor sich hin singend Nägel einschlug, auf die mürrischen Bemerkungen der Krankenpfleger und, weiter entfernt, den dumpfen Lärm der Stadt, den Pfiff eines Zuges, auf das Trompeten eines Elefanten. Die Oberschwester versuchte vergebens, ihn aus seinen Träumereien zu reißen, und erging sich in Vorwürfen. Die Tränensäcke unter ihren Augen waren violett. Ihr Kittel war schmutzig, die Strümpfe kringelten sich. Sie trat auf ihn zu und umfing ihn mit einnehmenden Armen, glitt tiefer über seine Brust, streifte seinen Gürtel, doch er stieß sie zurück. Beide hatten sie den Eindruck, ihr jeweiliges Gegenüber stänke nach Formol.

In der Stadt hatten die Geschäfte ihre Bretterläden geschlossen, und die Krämer waren über ihren Saubohnensäcken und Seilrollen in Schlaf gesunken. Die Bettler hatten sich unter ihren Lumpen ausgestreckt. Milane kreisten über den blendend weißen Kuppeln der Tempel und Moscheen, und ein streunender Hund kratzte sich seine Wunden auf einem Haufen von Abfällen, aus dem eine zerbrochene weiße Marmorsäule ragte. Hingestreckt im Schatten ihrer Tragekörbe dösten die Wasserverkäufer.

Der Polizeiposten lag unter betäubender Hitze. Brechreizerregender Geruch entströmte dem unerwartet eingetroffenen Weidenkorb, einem von der Art, wie die Familien sie sonntags zu ihrem Picknick mitnehmen. Peabody stand schwerfällig auf, hob den Deckel an und musste prompt würgen beim Anblick eines menschlichen Kopfs im fortgeschrittenen Stadium der Verwesung: Die Haare klebten von geronnenem Blut, die Augen waren schon verflüssigt, schwarz gewordene Lippen standen über zerbrochenen Zähnen offen, das durchtrennte Fleisch des Halses, an dem ausgedehnte schwarze Male erkennbar waren, schillerte bereits grün.

»Wo kommt denn dieses Geschenk her?«

»Ein Priester hat den Kopf heute morgen auf dem Hof des Durga-Tempels entdeckt. Und die Stadt ist in Aufruhr, Inspector Sahib. Man beschuldigt die Moslems der Schändung.«

»Das hat uns noch gefehlt.«

Peabody seufzte. Er klatschte in die Hände, um den Korb ins Krankenhaus bringen zu lassen, wo neben der Autopsie geprüft werden sollte, ob der Kopf zu dem enthaupteten Rumpf passte. Dann riss er das Fenster weit auf. Der tiefe

Schlaf, in dem die Stadt noch eine Minute zuvor versunken gewesen war, hatte in einem einzigen Augenblick ein Ende gefunden. Leute schrien herum, und das Stimmengewirr einer rasenden Menge drang von Minute zu Minute lauter zu ihm. Hastig verriegelten die Händler ihre Türläden. Ganz offensichtlich steckte eine schwere Provokation hinter der ganzen Angelegenheit: Nicht einmal der überspannteste Moslem wäre das Risiko eingegangen, von der Menge niedergemetzelt zu werden oder zu erleben, wie die Stadt mittels Axt, Knüppel und Brandstiftung verwüstet werden würde. Denn die Anhänger der Durga, der großen dämonentötenden Göttin mit den freigebigen Brüsten, der schmalen Taille und den breiten Hüften, die auf einem Tiger reitet und mit jedem ihrer sechs Arme drohend einen Säbel schwingt, die Anhänger dieser Durga von gnadenlosem Zorn würden ein derartiges Sakrileg nicht ungesühnt lassen.

Diesen dumpfen Lärm, dem nichts Einhalt gebieten konnte, kannte er nur allzu gut. Wieder würde der Aufstand wüten, ohne Sinn und mit dem einzigen Zweck, über den Ärmsten noch mehr Elend und Unwissenheit abzuladen. Peabody beschloss hinauszugehen; er wollte den Versuch unternehmen, die Gemüter zu beruhigen. Seine Theaterwaffe nahm er gar nicht erst mit. Er stellte sich an einer Kreuzung auf und wollte das Wort ergreifen, doch man stieß ihn zur Seite, ohne ihn zu sehen. In seinen Staubmantel gehüllt, unsichtbar im Schutze einer Türöffnung, sah er aufs Geratewohl umherwirbelnde Gruppen vorbeirennen. Hunderte von Männern hatten sich leeren Blicks und unempfänglich für jedweden Einwand der Vernunft zusammengeschart, um zu knüppeln, zu plündern, Feuer zu legen … und um anschließend wieder nach Hause zu gehen, als wäre nichts geschehen – bis zum nächsten Mal. Plötzlich hörte er in der Ferne ein Hornsignal.

Aufs Neue war die Truppe zur Wiederherstellung der Ordnung hinzugeladen worden. Ziegelroter denn je und mit grimmig gesträubtem Schnurrbart schärfte der alte schottische Offizier, aufrecht in die Steigbügel gestemmt, seinen Kavalleristen ein: »Bei der Hölle! Nur mit dem flachen Säbel, und mit der Reitpeitsche! Diesmal will ich keinen einzigen Toten durch euer Verschulden. Möge diese Schwadron ihren guten Ruf bewahren!«

Die Soldaten jubelten ihm zu, stürmten dann jedoch völlig ungeordnet auf die Aufständischen ein, die gerade die kleinen Läden plünderten. Mit angelegten Ohren und vortretenden Augen, das lange schwarze Gemächt schlenkerte wild, lief ein Esel, der in einem Graben weidete, im Galopp davon. Eine Frau im Sari flüchtete mit ihrem Säugling in den Armen. Die Flamme eines Brandes schoss empor. Peabody presste sich, selbst erschreckt, an die Wand und wünschte, mit ihr verschmelzen zu können. Und der Schotte stürzte sich, völlig außer sich vor Zorn und bei allen Teufeln der Hölle fluchend, mit dem flachen Säbel auf die eigenen Männer.

Der dunkelhäutige Bauer mit den klobigen Händen und Füßen roch nach Heu und nach Stall. Einer der Polizisten schickte sich gerade an, ihm die Füße in Eisen zu legen, und hantierte an einem schweren quietschenden Schloss. Zusammengekauert psalmodierte der Bauer unterdessen Bittgesänge an Kali. Die Augen behielt er gesenkt vor den Polizisten mit ihren buschigen Schnurrbärten, die sich stolz mit ihrem Fang brüsteten: Er hatte soeben gestanden. Er sei zwar bloß ein ungebildeter Dörfler, wisse aber, dass die Welt inzwischen Kopf stehe: Diese verfluchten Ingiriss wollten ihm doch tatsächlich ein frommes Werk übel nehmen … Ja, er habe hinter einem Busch auf jenen Vorbeikommenden von ebenso niederer Kaste wie er selbst gelauert, habe ihn überfallen, mit Stockhieben niedergeschlagen und mit dem Buschmesser zerlegt, auf dass die befriedigte, von Blut gesättigte Göttin die Fruchtbarkeit seines Feldes steigern möge. Und endlich die Regenzeit käme! Hatte er denn nicht zahlreiche Nachkommen zu nähren?

Man verhörte ihn weiter. Ob er sein Opfer denn gekannt habe? Nein, nein! Der Bauer schlug sich den Kopf auf den Boden. Schließlich sei es doch verboten, jemanden zu opfern, den man kenne, die Göttin nehme nur einen namenlosen Vorübergehenden an oder höchstens ein Kind, das mit seinen zarten Gelenken leichter zuzuschneiden sei, was der Sahib doch wohl zubilligen möge. Ob er sich eigentlich im Klaren sei, dass seine Tat ihn an den Galgen oder zumindest in die Strafkolonie bringen werde, wurde er gefragt. Er sei ein frommer Diener der Kali Ma. Er habe bloß seiner Göttin und Mutter gefällig sein wollen. Verflucht, verflucht sei der Sohn, der sich weigere, seiner Mutter gefällig zu sein, wiederholte er.

Der Mond war noch nicht aufgegangen und die Nacht pechschwarz. Ein pummeliger Zeigefinger kratzte an der Korbtür. Verstohlen öffnete ein verängstigter Mann von sehr kleiner Gestalt, mit nassen Augen und bebendem Schnurrbart, und gluckste in singendem Englisch: »Treten Sie schnell ein, werter Herr Inspector. Willkommen in unserer armen Familie. Mögen die Jungfrau Maria und alle Heiligen Sie segnen.«

Peabody stieß die Tür mit seinem Wanst auf: »Lassen Sie doch die Jungfrau und die Heiligen in Ruhe. Gonçalves, Sie machen wirklich nicht gut von sich reden.«

»Welche Ehre, dass Sie mich besuchen, werter Herr Inspector. Möchten Sie bitte Platz nehmen ...«

Und dabei rückte er einen ramponierten Stuhl heran. In der großen hohen Strohhütte plärrte eine unzählige Schar

Bälger unter dem riesigen, von einer Kerze erhellten Kreuz, dem einzigen Zierrat im Raum. Ganz wackelig auf den Beinchen, pinkelte ein Pausback im Stehen auf den Boden aus gestampfter Erde. Eine Unberührbare machte, den Blick stur gesenkt, den Abwasch und schöpfte sich Wasser aus einem Eimer. Strohmatten lehnten zusammengerollt an den Zwischenwänden, neben grellbunt bemalten Brettertruhen.

Peabody, immer noch reglos im Raum aufgepflanzt, räusperte sich: »Es steht schlecht um Sie, Gonçalves. Sie haben Ihren Posten während des Aufruhrs letzte Woche verlassen, obwohl die Behörden unter Umständen wichtige Telegramme zu übermitteln gehabt hätten, und darüber hinaus wurden die Anlagen beschädigt. Sie wissen, was die Instandsetzung kostet. Schlecht für Sie ... Gerüchteweise habe ich vernommen, dass Ihre Stelle als Hilfstelegraf vielleicht nicht erhalten bleibt ... Diese Beschäftigung, die Ihrem Dasein einen Anschein von Gesetzlichkeit verleiht, und deren Pflichten Sie sich mit beachtlichem Eifer entziehen ...« Mit verächtlich herabhängender Unterlippe ließ Peabody seinen Blick umherschweifen: »Hehlerei nährt seinen Mann letzten Endes doch nicht so gut.«

»Hören Sie, werter Herr Inspector, das ist doch nur leeres Gerede. Sie kennen die Inder ja, alle krankhaft klatschsüchtig ... Aber unter Europäern, da können wir uns doch verständigen.«

»Unfug. Erklären Sie mir mal lieber, warum Sie gerade eben im Basar versucht haben, eine Uhr weiterzuverkaufen. Was Ihnen übrigens gelungen ist.«

»Die Uhr? Dabei gings doch nur um einen Gefallen. Ein rechtschaffener Familienvater in Not hatte sie mir anvertraut.«

Peabody schwitzte wie ein Ochse unter dem Dach aus

Palmblättern, das aus der Strohhütte einen Backofen machte. Unvermittelt begann er zu flüstern: »Gonçalves, ich will Sie nicht vor Ihrer Frau und Ihren Kindern schlagen oder Ihre Hütte in Brand stecken. Aber Sie kriegen Ihr Fett noch! Geben Sie mir ein Glas Wasser.« Daraufhin hob er die Stimme: »Deine Erinnerung trügt dich, oh zweifelhafter Sohn des Tejo, und nichts ist verderblicher. Ein rechtschaffener Familienvater? Du bist köstlich, Gonçalves, du wärst besser Anwalt als Schieber.«

»Sie haben keinerlei Beweise.«

Der Hehler schwitzte aus allen Poren, während er sich wieder zu fangen versuchte, und stieß gereizt die Gören weg, die sich an ihn klammerten. Mit einem Mal war die Frau verschwunden.

Peabody erwiderte murmelnd: »Keinerlei Beweise? Die Uhr ist in meinem Besitz. Und es ist die des Ingenieurs Miller, der vor kurzem ermordet wurde, wie du sicher weißt.«

Gonçalves wurde grün im Gesicht.

Sein Gegenüber fuhr fort: »So was nennt man ein Beweisstück. Mehr braucht es nicht, um einen Richter in übelste Laune zu versetzen.«

Mit näselnder Stimme schimpfte die Frau die Kinder aus, worauf diese die Matten ausrollten und sich hinlegten.

»Bei deinem Alter und so schwächlich, wie du bist, kann ich mir nicht gut vorstellen, wie du auf den Andamanen den Dschungel rodest – vor allem mit Eisen an den Füßen. Du weißt, dass das Klima dort verheerend ist.«

Das Gesicht von Furcht entstellt, rang Gonçalves die Hände: »Herr Inspector! Im Namen unserer langen Freundschaft! Das werden Sie doch nicht tun! Nach all den Diensten, die ich Ihnen erwiesen habe!«

»Das ist Vergangenheit. Eine wenig erfreuliche Vergangenheit, nebenbei bemerkt, für die mir der Begriff Freundschaft überzogen erscheint. Mir ist nur an einer einzigen Sache gelegen, wie du dir sicher denken kannst. Ein Wort, und ich vergesse alles. Ein einziges Wort.«

»Gehen Sie zum Bahnhof. Sie kennen doch die beiden Taschendiebe, die immer zusammenarbeiten, der eine hat sechs Finger und der andere einen rötlichen Schnurrbart.«

»Die kenne ich bestens. Als ob sie meine eigenen Kinder wären. Schönen Abend, und versuch nicht, mich übers Ohr zu hauen.«

Immer noch stark beklommen, seufzte der Hehler unter dem Kreuz auf, während Peabody eilig hinausschlüpfte.

Eine herankommende Lokomotive pfiff in die heiße, von Dungfeuern gesprenkelte Nacht hinein. Unter schwirrenden Wolken kleiner Mücken quetschte sich eine dichte Menschenmenge vor einem Schalter zusammen. Hinter dem Gitterfenster füllte ein unwirscher Angestellter sehr gemächlich Formulare in mehreren Exemplaren aus und nahm sich alle Zeit der Welt dabei, tauchte einen müden Federhalter saumselig in ein Tintenfass und streifte ihn dann gallig auf seinem Löschblatt ab. Einige Reisende waren auf voluminösen vernähten Ballen eingeschlafen. Fliegende Händler boten Tee, Gebäck sowie einzelne Zigaretten, in frische Blätter eingewickelte Betelpfrieme und Kichererbsen in Tüten aus Zeitungspapier feil. Es gab mehr Bettler als Reisende. Zwischen den Schienen irrten nackte Elendsgestalten, die Durchfalllachen meidend, umher und hielten eifrig Ausschau nach einer Schraubenmutter, die sich von einem Waggon gelöst hätte, einem Nagel, einem Stück Kohle.

Von zwei Polizisten in Shorts und Wickelgamaschen, die Schnurrbärte martialisch gezwirbelt, in einigem Abstand gefolgt, tauchte Peabody behutsam in die Menschenmasse ein, bis er seine beiden Kunden erblickte. Diese waren gerade fleißig bei der Arbeit: der eine mit der Hand in der Westentasche eines Ahnungslosen, der andere in Reichweite, die offene Hand ausgestreckt, um sogleich mitsamt der Beute türmen zu können. Der Inspector gab seinen Polizisten ein Zeichen, und schon legte sich die Hand der grimmig dreinschauenden Gesetzeshüter auf die Schultern der beiden. Die Taschenzieher schreckten hoch und wollten sich schon in Gegenbeschuldigungen und Drohungen ergehen, so wie es bei in flagranti ertappten Langfingern üblich ist, als sie Peabody erkannten, welcher sie mit einer Geste beschwichtigte und ihnen gleichzeitig »Ihr seid verhaftet!« zubrüllte – all dies zur großen Befriedigung etlicher braver Leute, die erleichtert die Rupien in ihren Gürteln betasteten und endlich, tief in ihrem Innersten, den gottlosen Rinderfressern von Ingiriss einen gewissen Nutzen zubilligten. Noch während man die beiden Kumpane zum Ausgang schubste, legte man ihnen Handschellen an, derweil sich bereits Hunderte von Personen zusammenscharten und so lautstark wie schrill verlangten, man möge auf der Stelle Gerechtigkeit üben, wofür sie sich bereitwillig anheischig machten.

Unterwegs zischte Peabody: »Ich möchte euch bloß zwei oder drei Fragen stellen. Auf der Wache werden wir es ruhiger haben. Einer Vorladung wärt ihr ja doch nicht nachgekommen, das müsst ihr zugeben.«

Die Lampe flackerte unter dem Konterfei der Kaiserin, hamsterbackiger und sauertöpfischer denn je unter ihrer Juwelenkrone. Die Gewehre waren in ihrem Gestell angekettet, und Tintenflecken übersäten den Tisch.

Einer der Taschendiebe betatschte seinen sechsten Finger, und der andere malträtierte seinen rötlichen Schnurrbart, das einzige Erbe eines englischen Soldaten unter seiner Ahnschaft. Der erste ergriff das Wort:

»Das ist doch nicht Ihr Ernst, Inspector Sahib. Wir haben Ihnen immer vertraut, und jetzt machen Sie uns öffentlich zum Gespött. Wie sollen wir denn in Zukunft arbeiten können?«

»Ob euch das gefällt oder nicht, ihr seid auf frischer Tat ertappt worden, meine Freunde, was unangenehme Folgen haben könnte, wenn irgendein unfähiger und bornierter Amtsmensch die Sache an sich reißen sollte. Ihr wisst, wie verbissen manche im Daftar sind. Schlimmstenfalls müsstet ihr umziehen. Das indische Eisenbahnnetz zählt Tausende von Bahnhöfen. Ihr würdet also reichlich Gelegenheit haben, euch zu beschäftigen. Aber da liegt nicht das Problem, wie ihr euch denken könnt.«

Die Hände hinterm Rücken, stapfte Peabody eine ganze Weile um die beiden Männer herum. Die wiederum stellten recht und schlecht größtmögliche Gelassenheit zur Schau. Keiner hatte es eilig.

»Es geht hier um den Mord an dem englischen Ingenieur. Der Gouverneur ist fuchsteufelswild. Die Behörde in Kalkutta wird uns einen verdammten Unruhestifter schicken, einen Coroner oder einen Superintendent oder weiß der Teufel wen … Ich male euch das nicht weiter aus, meine Freunde.«

Auf einmal lief er violett an und begann zu brüllen: »Und ihr zwei, die ihr Mister Millers gestohlene Uhr weiterverkauft habt, ihr passt vortrefflich in die Rolle der Schuldigen! Darin habt ihr euch redlich bewährt. Ihr seht auch vollständig nach eurem Gewerbe aus! Schaut euch mal eure Visagen an! Nein, wirklich, schaut euch doch nur mal eure gottverdammten Visagen an!«

»Das ist doch absurd, Inspector Sahib.«

Völlig in seiner Komödiantennummer aufgehend – einer anstrengenden Nummer, denn er musste ja den Netten und den Bösen zugleich geben – schien Peabody nun wieder umgänglicher zu werden: »Es betrübt mich, wenn ihr derart gegen mich arbeitet, meine Freunde. Seid ihr euch eigentlich im Klaren, dass ihr euch in einer ausgesprochen üblen Lage befindet?«

»Wir haben diese Uhr nicht gestohlen.«

»Ihr lügt, oh ihr Handwerker der Kunstfertigkeit, ihr Taschenspieler mit goldenen Fingern!«

»Wir haben diese Uhr nicht gestohlen … jedenfalls nicht dem Railway Injinir Miller.«

»Sehr gut.«

»Wir haben sie … gefunden. Und zwar in der Tasche eines Bauern, im Basar.«

»Ihr haltet mich zum Narren. Ihr lasst es einem Älteren gegenüber, der euch soeben in flagranti bei einem Diebstahl verhaftet hat, am schuldigen Respekt fehlen. Fünfhundert Personen werden gegen euch aussagen. Ich liefere euch dem Pöbel aus, der wird euch mit seinen dreckigen Fingernägeln in kleine Stücke reißen. Die Geier werden sich an eurem Fleisch mästen und die Hyänen eure Knochen abnagen. Ich, euer bester Freund, ja gewissermaßen euer einziger Freund, ich kann dann nichts mehr für euch tun.«

Die beiden Räuber setzten eine ernste Miene auf. Sollten sie den Inspector zu sehr verdrießen, würden sie sich seiner Verfolgung aussetzen, und dennoch sagten sie ja die Wahrheit: »Wie können wir Sie überzeugen? Wir werden den Bauern aufspüren, und dann verhören Sie ihn.«

»Was für ein Witz! In diesem Land gibt es zweihundert Millionen Bauern.«

»Bei dem da wissen wir genau, wo wir ihn finden. Und dann werden Sie aufhören, uns zuzusetzen. Lassen Sie uns jetzt gehen. Wir haben Arbeit. Der Nachtzug trifft gleich ein.«

»Gehen? Wohin denn? Ihr scherzt wohl. Ihr schlaft hier, schön im Kühlen, wie richtige Ehrengäste. Beklagt euch nur, bei der Hitze. Euren guten Mann werden wir morgen ausfindig machen.«

In diesem Augenblick öffnete sich eine Tür, und auf dem Gang schlurfte der Kali-Anbeter vorüber, der unter lautem Eisengeschepper seine Litaneien vor sich hin sang. Einer der Polizisten führte ihn an einer langen Kette.

Die beiden Taschendiebe riefen aus: »Die Uhr! Der Bauer! Das ist er! Dem haben wir sie stibitzt! Er wird Ihnen sagen, woher sie stammt.«

Peabody sprang auf.

Die Uhr? Der Bauerntölpel wehrte sich wie der reinste Teufel. Was brauche er eine Uhr? Gehe die Sonne denn nicht jeden Morgen auf? Leuchte die wohlwollende Göttin denn nicht seinen Kindern und wärme sie mit der Beharrlichkeit einer Mutter? Und breche denn nicht die Nacht herein, um des Tages Ende anzuzeigen? Der Bursche war zäh. Zwecklos, ihn eine Woche ohne Nahrung in Dunkelhaft zu halten, denn er hatte schon ganz anderes in seinem Hungerleiderdasein erlebt. Gleichwohl, nachdem die Polizisten ihn unter reichlichem Einsatz von Ohrfeigen härter angepackt hatten, gab er nach. Ja, die schöne Silberuhr, die habe er bei der geopferten Leiche gefunden, also gehöre sie unbestreitbar ihm, und Räuber ohne Gesetz und Glauben hätten sie ihm entwendet, möge die Göttin sie bestrafen.

Der Greis im weißen Dhoti – einer der Brahmanen aus dem Dorf, wo sich das Kali-Opfer zugetragen hatte – hockte im Polizeiposten am Boden. Er sprach etwas Englisch, sodass der Inspector sich in dieser Sprache an ihn wandte. »Setzen Sie sich doch, Babudji.«

Der Mann hob die Schöße seines Kleidungsstücks an, ließ sich im Schneidersitz auf der Bank nieder und spielte dann an seinen Zehen. Büschel weißen Haars sprossen ihm aus den Ohren, und vor Verachtung für diesen von jenseits der Meere gekommenen Kastenlosen wurde seine bartlose Hängelippe immer länger.

»Ich möchte lediglich Ihre Aussage aufnehmen bezüglich …«

»Sie haben kein Recht, mich zu verhaften. Dieses Land gehört Ihnen nicht, weder Ihnen noch Ihresgleichen. Es gehört seinem Volk. Man wird Sie daraus verjagen.«

Peabody bog den Oberkörper unter großer Mühe nach vorne, um einen possenhaften Bückling anzudeuten: »Ich bewundere Ihre Weisheit und Ihren Scharfblick, Babudji. Alexanders Reich ist nach seinem Tod auseinandergefallen, wie auch das von Karl dem Großen, Dschingis Khan oder Timur dem Lahmen. Die *pax mongolica* ist letztlich in die Brüche gegangen wie kostbares Ming-Porzellan unter einer Schlachterkeule. Und reden wir erst gar nicht von General Bonaparte!«

Der Greis konnte ihm nicht mehr folgen.

»Alle menschlichen Unternehmungen werden am Ende zu Staub, und sämtliche Reiche sind vergänglich. Der British Raj wird diese Regel nicht brechen. Er wird vom Gipfel seiner Herrlichkeit herabstürzen. Er wird zugrunde gehen.«

Der Brahmane gluckste.

Den Blick in die Ferne gerichtet, fuhr Peabody fort: »Etwas melancholisch werden wir am Fuße des Mastes in Habtachtstellung verharren. Wir werden den Union Jack einholen und uns gen Westen einschiffen.«

Befriedigt kicherte der Greis zwischen seinen zahnlosen Kiefern.

»Doch es tut mir furchtbar leid, Sie enttäuschen zu müssen, Babudji, so weit sind wir noch nicht. Einstweilen ...« Peabody ging auf den alten Mann zu: »... Was die Opferung angeht, so habe ich sämtliche Beweise. Ich kenne den Fanatismus der Deinen. Gesteh, dass du dem Bauern geholfen hast. Wie viel hat er dir gegeben? Los, rede mit mir, wie zu einem Freund.«

Peabody troff vor Schweiß, und sein Bauch gab ein unheilverheißendes Kollern von sich. Er hob die Stimme: »Gesteh endlich! Das wird dich erleichtern! Und wir sparen jede Menge Zeit! Du warst es, alte Kanaille, mit deinem billigen Zauber! Ich werde dich hängen lassen, Halunke!«

»Für das Hängen eines Brahmanen werden Sie als Pariahund wiedergeboren ...«

Mit einer Ohrfeige fegte der Inspector ihn von seiner Bank, und der Greis kullerte zu Boden. »Du wirst unhöflich. Und deine ganzen Schweinereien? Etwa mit deinen Pächtern, die du um die Hälfte oder sogar um zwei Drittel ihrer Ernte beraubst?«

»Uns zu geben ist eine Ehre für sie. Das sind ungehobelte Geschöpfe, die wenig Bedürfnisse haben.«

»Und was du und deinesgleichen alles den Bauern dafür abpresst, dass sie in euren Teichen fischen dürfen! Und wenn ihr eine Unberührbare bumst, werden eure Reinigungsrituale auf ein Minimum beschränkt, häh! Ein rasches Bad, wenn überhaupt! Da macht ihr nicht so viel Gewese, Lumpenpack!«

Blaurot im Gesicht, versetzte der Inspector dem alten Mann einen Fußtritt in die Rippen, klatschte daraufhin in die Hände und rief mit sanfter Stimme: »Hakum, komm doch mal bitte ...«

Ein Athlet in Khakishorts mit sehr sanften Augen hinter langen Wimpern, das Gesicht von einem schmalen Bart umkränzt, kam, einen Knüppel in den Händen, herein. Peabody wusste nur zu gut, dass der Moslem den Hindu nicht verschonen würde, der inzwischen zu jammern begonnen hatte und die Hände rang. Daher forderte er den Schergen mit einem unauffälligen Zeichen auf, nicht allzu hart zuzulangen, besann sich dann aber anders und schickte ihn wieder fort. Der alte Mann rang die Hände nur umso inständiger, und Peabody glaubte den Anflug eines Lächelns in seinen Augen auszumachen. Er unterdrückte den nun sehr heftigen Wunsch, den Schläger zurückzurufen und zuzusehen, wie die Hiebe auf den schmächtigen Greis einprasseln würden, und begnügte sich, nicht unkindisch, damit, ihm einen allerletzten Tritt zu verpassen: »Du widerst mich an. Hau ab.«

Der Himmel war zum Verzweifeln blassblau und die Hitze unerbittlich. Dick wie ein Säuglingsdaumen, kreiste eine grüne Fliege um Peabodys Kopf. Fahrig fächelte er sich mit einem Taschentuch Luft zu, bis er schließlich den Brief auseinanderfaltete: »Die noch vorhandenen Wirbelfragmente an dem Kopf, der im Hof des Durga-Tempels aufgefunden wurde, passen ohne jeden Zweifel zu denen des enthaupteten Rumpfs, den man im Färbertrog von Sid ul-Cheyr entdeckt hat. Selbstverständlich fehlen einige Bruchstücke. Meinen Bericht werde ich sobald als möglich verfassen. Kommen Sie bei mir vorbei. Hochachtungsvoll.«

Zumindest dieser Punkt war also geklärt. Blieb noch herauszufinden, was dieser Kopf im Tempelhof zu suchen hatte. Nicht eine ernstzunehmende Vermisstenanzeige war erfolgt, auch wenn sich mehrere Personen eingefunden und gemeldet hatten, ihnen sei ein Sack Mehl oder ein Zicklein gestohlen worden und der Verdächtige, meistens ein Nachbar von schlechtem Ruf, habe sich in Luft aufgelöst. Da genügte es schon, denen mit Einbuchten zu drohen, um sie wieder zu beruhigen. Dieses Ereignis unterschied sich in nichts von

Millionen anderer Blasen, die ständig an die Oberfläche des großen, zwar selten brodelnden, doch niemals erkalteten indischen Magmas traten. Im Übrigen musste er unbedingt anordnen, den völlig zu Unrecht festgehaltenen Färbermeister Sid ul-Cheyr endlich freizulassen.

Peabody nahm die Nachricht des Arztes erneut zur Hand. Schwitzend und grummelnd sah er sich das Papier genauestens an. Der ganze Brief war ein einziges Gekrakel. Jeder Buchstabe war zittrig bis zum letzten Schnörkel, wie von jemandem geschrieben, der die Feder nicht mehr zu halten vermochte. Recht besorgt über den Zustand des jungen, rosigen und ordentlich gekämmten Arztes schüttelte der dicke Mann mit hängenden Lippen den Kopf.

Plötzlich verspürte er einen Bärenhunger und stürmte zu einer Garküche, den Mund schon ganz wässrig bei der Vorstellung mürber und glühend heißer Fladen, mit Knoblauch gewürzter Auberginen und der scharfen goldgelben Soße, womit er sich vollstopfen würde. Er schmeckte bereits, wie die rohe Zwiebel mit all ihrer Kraft zwischen seinen Zähnen zerging und das kühle Wasser aus dem Krug leicht erdig seine Kehle hinunterlief.

Fünftes Kapitel

Was für eine langweilige Arbeit, wo der Mörder doch bereits eingelocht war; indes musste die Leiche, die der Ernte des Bauerntölpels zu Kali Mas Fruchtbarkeit spendender Gunst hatte verhelfen sollen, noch identifiziert werden. Das Opfer hatte ein wenig Geld in einer der Taschen gehabt und einen Ring mit roten Glasperlen am Mittelfinger getragen. Vor allem die Uhr in seiner Tasche brachte den Toten mit Millers Ermordung in Verbindung. Aber war er auch einer der vom Gouverneur gedungenen Vollstrecker oder bloß ein weiterer Mittelsmann?

Die Karteien wurden zu Rate gezogen – mit unverhofftem Erfolg! Eine Narbe und eine Tätowierung waren die Kennzeichen eines Handlangers aus einer Nachbarstadt. Hier hatte er rein zufällig sein Ende gefunden, so gewaltsam wie sein bisheriges Leben. Häftlinge, die man aus ihren Zellen holte, bestätigten seine Identität. Peabody machte sich Vorwürfe, dass er ihn trotz seines guten Gedächtnisses für sämtliche Ganoven der Provinz nicht ganz allein und binnen einer Minute erkannt hatte. Und abermals musste er an den bei Miller niedergeschossenen Unbekannten denken. Du wirst vor der Zeit alt, Josaphat. Du lässt nach.

Aus dem schrillen und unverständlichen Stimmengewirr glaubte er den Namen Shivdas, einer Größe der örtlichen Unterwelt, herauszuhören. So packte er einen der Häftlinge am Kragen und brüllte ihn an: »Was hast du gerade gesagt? Wiederhol das!«

»Ich? Ich hab doch gar nichts gesagt, Inspector Sahib! Gar nichts!«

Seine Mundwinkel verzogen sich in einem Zittern. Vor Angst war der Mann völlig versteinert. Peabody ohrfeigte ihn mit aller Kraft, ohne jedoch irgendetwas aus ihm herauszubekommen. Bleiern breitete sich jähe Stille aus; verstockte Blicke fixierten stur den Boden. Aber der Inspector hatte den Namen genau verstanden. Er wusste, wo Shivdas zu finden war: Seine Bande hatte ebenso feste Gewohnheiten wie irgendwelche Ganoven im East End, die ihre Konvente Tag um Tag im immer gleichen Pub abhielten.

Es ist drückend schwül zu dieser Stunde. Der Himmel glüht wie Feuer, und selbst die Rikschazieher, die doch stets für zwei Annas auf einen Kunden lauern, schlafen im Schatten ihrer Gefährte.

An der Oberfläche der Zisterne haben sich die Wasserlinsen geschlossen. Schildkröten streifen dazwischen umher, ohne die geringste Welle aufzurühren. Rund um das rechteckige Wasserbecken zerbröckeln die Stuckarkaden im beißenden Geruch nach Fledermäusen zu Staub.

Eingehüllt in seinen Mantel, zwängt Peabody seinen vortretenden Bauch in größter Stille durch eine Geheimtür und kommt mit der Geschwindigkeit einer Seuche über das Gesindel.

Vier Männer in kurzärmeligen Hemden und Hosen nach europäischer Mode, ein zum Turban gewickeltes schmutziges Handtuch auf dem Kopf, kauern um eine irdene Wasserpfeife, deren himmelblaue Glasur ebenso glänzt wie die Kuppel einer Moschee in Samarkand. Bei jedem Zug gluckert das Wasser. Sie husten, während sie den schweren Charassrauch inhalieren, und lachen zufrieden. Sind ihre geistigen Fähigkeiten dank des heiligen Rauschmittels denn nicht auf dem Zenit angelangt?

Ohne auf eine Einladung zu warten, lässt der Inspector

sich zwischen ihnen in der Hocke nieder: »Mögen die Götter euch wohlgesonnen sein, meine Herren. Und, gibts was Neues?«

»Sie haben aber ein Gottvertrauen, Inspector Sahib«, entgegnet einer von ihnen finsteren Blicks, ein seit Tagen unrasierter Mensch mit überheblichem Schnurrbart, der die drei anderen durch einen Wink zum Schweigen bringt. »Sie könnten hier im nächsten Augenblick verschwinden, ertrunken und aufgeknabbert von Schildkröten, und niemand würde je erfahren, was aus Ihnen geworden ist.«

In der angespannten Atmosphäre spürt Peabody, dass er zu einem Bluff greifen muss: »Ihr seid es, die einfältiger seid als Säuglinge, oh scharfsinnige Charassraucher, die Ihr den heiligen Hanf atmet, Lord Shivas göttlichen Weihrauch: Zwölf Polizisten überwachen diesen Ort. Macht also keine Dummheiten. Ich höre schon, wie der Gefängnisschmied eure Eisen nietet. Die reinste Maßanfertigung! Aber kommen wir zur Sache. Sagt mir doch, was ihr über den Mord an Injinir Miller wisst.«

»Nichts! Damit haben wir nicht das Geringste zu schaffen!«

»Das weiß ich eben nicht … zumindest für den Augenblick. Es stimmt, ihr habt genügend einträglichere Betätigungen, als dass ihr so dümmlich die Aufmerksamkeit auf euch lenken müsstet.«

»Wir sind arm, Inspector Sahib.«

»Na, komm, Shivdas. Ich weiß, dass illegales Opium, Charass, schwarz gebrannter Gin und Hurerei dir zwischen zwei Monden vielleicht mehr einbringen, als in die Kassen der Finanzbehörden fließt. Ich weiß, dass du letzten Monat einen deiner Kleinhändler ermordet hast, weil er seine Bücher gefälscht hatte, und dass er sein Ende mit einem Stein am Hals auf dem Grund des Flusses fand. Ich weiß, dass du ein elfjähriges Mädchen aus einem Dorf entführt hast, dessen Namen ich dir nennen könnte, um es dann für ein Vermögen an einen Neffen des Radschas von Krishnapur zu verkaufen. Ich habe zwar keine Beweise, aber ich weiß es.«

Kurzatmig und mit wabbelndem Doppelkinn richtet Peabody einen Finger auf die Brust seines Gegenübers: »Und es gibt noch Schlimmeres. Weitaus Schlimmeres. Doch darüber reden wir später. Wir haben ja Zeit, nicht wahr?«

Shivdas atmet heftig und zügelt seine Wut, sagt aber kein Wort. Seine Faust ballt sich. Entrückt schließt Peabody die Lider. Ein flüchtiges Lächeln entblößt seine gelben Zähne.

Die Pfeife ist erloschen. Niemand sagt einen Ton. Einer der kauernden Männer kratzt sich mit den Zehen an den haarigen Waden und kichert sabbernd vor sich hin. Während er Peabody finster von der Seite beobachtet, zieht er einen rasiermesserscharfen Dolch hervor, um sich von einer Haschischkugel ein Stück abzuschneiden, das er unzerkaut hinunterschluckt. Es handelt sich um Malang, den Verrückten, den Erleuchteten, welcher als Shivdas Mann fürs Grobe gilt.

Peabody setzt wieder an: »Und?«

»Sie wissen genauso viel wie ich. Der Railway Injinir Sahib hat die Arbeiter, die beim Eisenbahnbau beschäftigt waren, nicht geschlagen und nichts von ihrem Lohn einbehalten. Er hat keine Vorarbeiter eingestellt, die ihre Leute wie Tiere prügeln, damit sie sich zu Tode schuften, wie man das häufig sieht. Die Hilfsarbeiter meinten, dass er ein gerechter Mann war.«

Peabody nickt mit gravitätischer Miene. Ein bräunlicher, ausgemergelter Hund schleicht mit eingezogenem Schwanz auf das Wasserbecken zu, und der Malang verpasst ihm einen wohlgezielten Steinwurf, woraufhin der räudige Köter heulend Reißaus nimmt. Seine Spießgesellen lachen. Mit dem Daumen prüft der Verrückte die Schärfe seiner Klinge, während er den Inspector verstört anschaut. Ein Speichelfaden rinnt auf sein Kinn. Ohne den Anschein von Eile zu vermitteln, verabschiedet sich der Engländer in aller Höflichkeit von Shivdas und seiner Bande.

So frisch wie rabenschwarz gefärbt, den Mund gespitzt und den Bauch eingezogen, kam Roknoddin auf ihn zu, wobei er einen Schoß seines golddurchwirkten weißen Dhotis zwirbelte: »Mögen Ihre Tage gesegnet und vervielfacht werden, Inspector Sahib, möge Ihr illustres Geschlecht fortleben, oh Herrlicher, der den Faden unserer Geschicke in Händen hält. Nebenbei bemerkt, verzeihen Sie mir meine Kühnheit, aber haben Sie schon die Zeit gefunden, jene Bescheinigung abstempeln zu lassen, die man von mir verlangt und die Anlass meines Aufenthalts in Ihren Amtsstuben ist?«

»Dein Führungs- und Sittenzeugnis? Es ist fertig. Aber zuvor …« Peabody zog ein gefaltetes Blatt aus der Tasche und steckte es sogleich wieder ein.

»Ich habe einiges, um Ihre Neugier in Sachen Railway Injinir Sahib zu befriedigen, oh Prächtiger, der alles erhellt, was im Dunkeln liegt, und enthüllt, was mit Sorgfalt verborgen wird. Mein großer Freund, der Koch der Familie Miller, hat mir schöne Geschichten erzählt. Der Injinir Sahib, der im öffentlichen Leben ein Weiser war, zeigte sich im privaten ganz anders. Er war geizig, eifersüchtig auf seine Frau, er hat sie schikaniert und beschatten lassen. Und seine Nichte, die junge Jones Memsahib, die hat er praktisch gefangen gehalten.«

»Wie meinst du das, oh Zelot aller Manneskraft? Schlug er die beiden, hat er sich etwa in irgendeiner Weise an ihnen vergangen?«

»Nein, das nicht. Aber seine Kleinlichkeit, seine Knauserei und seine Boshaftigkeit kannten keine Grenzen. Das

Essen wurde rationiert, jedes Weizenkorn abgezählt, man rechnete ihnen jeden Schluck Tee, jedes Löffelchen Zucker vor und …«

Peabody hörte zu. Wieder dachte er an das Arsen und die Schnürbandmale. Obschon allmählich eine gewisse Vorstellung des Ganzen in ihm keimte, konnte er doch nicht bestreiten, dass seine Ermittlungen kaum vorwärts kamen. Dass einer der mit dem Mord in Verbindung stehenden Männer von einem Bauerntrottel ermordet worden war, schien ganz offensichtlich reiner Zufall zu sein. Er zog eine billige Zigarre aus seiner Tasche. Eifrig bemüht trippelte Roknoddin flugs zu ihm, deutete mit wackelndem Hinterteil einen Katzbuckel an und gab ihm Feuer.

Am Ende des endlosen Flurs, vor den Amtsräumen des Gouverneurs, trat der in Khaki gewandete Türhüter zur Seite, um den Inspector eintreten zu lassen. Atemlos und mit vorgerecktem Bauch kam er daher, leuchtete in einem schönen apoplektischen Rot an diesem Nachmittag, und seine kleinen Augen verschwanden nahezu hinter den geschwollenen Lidern. Ein Angestellter geleitete ihn die Korridore entlang bis zu einem mit Kronleuchtern und Spiegeln verzierten Saal, der einem Theaterfoyer glich. So schlanke wie elegante junge Briten führten, die Zigarette in der Hand, große Reden und tänzelten dabei von einem Fuß auf den anderen. Sie bedachten den Inspector mit diesem Blick, den sich Leute aus gutem Hause, die in den guten Colleges studiert haben, für einen Polizisten vorbehalten, der – was sein Akzent noch unterstrich – aus dem einfachen Volke stammt, der sich hochgedient hat und der über höchst zweifelhafte Manieren verfügt.

Selbiger bahnte sich nun einen Weg bis zum Privatsekretär des Gouverneurs, welcher stärker parfümiert roch denn je:

»Sie haben einen Ihrer Lakaien nach mir schicken lassen? Glauben Sie etwa, ich hätte nichts Besseres zu tun?«

Der Stutzer warf einen kurzen, doch zufriedenen Blick auf seine manikürten Nägel. In einem Spiegel fand er sich selbst ganz nach seinem Geschmack: »Mister Peabody, Seine Exzellenz ist … ratlos und wünscht Ihre Meinung zu einem … misslichen Punkt zu erfahren. Möchten Sie mir bitte folgen.«

Der junge Mann öffnete eine Geheimtür, die in ein fensterloses Kabinett führte, in dem es zum Ersticken heiß und verräuchert war. Dort saß der hohe Beamte zusammengesackt vor einem Intarsienschreibtisch bar jeden Schriftstücks. Ein Kristallaschenbecher quoll über von Zigarrenstummel. Der Gouverneur grüßte gewollt nachlässig mit einem Nicken und bedeutete ihm, Platz zu nehmen, während der Sekretär sich entfernte. Peabody glaubte, den scharfen Geruch von Brandy wahrzunehmen. Es war drei Uhr nachmittags. Wenn du vor Sonnenuntergang mit dem Trinken anfängst, bist du tot, dachte er.

Der Gouverneur richtete sich auf. »Mister Peabody«, hob er in geheuchelt freundschaftlichem Ton an.

»Exzellenz?«

»Ich bin aufs Äußerste besorgt über die Wendung, die Ihre Ermittlungen nehmen. Man hat mich darauf aufmerksam gemacht …«

»Man?«

»Man hat mich darauf aufmerksam gemacht, mein Werter, Sie würden so weit gehen und die Ehrbarkeit des Opfers, des unglücklichen Miller in Frage stellen – eines meiner besten Freunde, wie Sie wissen!«

Man? Wer sollte das sein? Peabody hatte hinsichtlich der Entdeckung des Notizheftes äußerstes Stillschweigen bewahrt und Miller betreffend nie auch nur ein Wort durchsickern lassen. Seine Reise nach Kalkutta hatte er, so schien ihm, völlig unbemerkt bewerkstelligt. Der Gouverneur hatte sich soeben verraten, und er schwitzte förmlich seine Angst aus. Der dicke Mann blieb unerschütterlich, während sein Gegenüber aus einer Silberschatulle eine teure Zigarre hervorholte, ohne ihm auch eine anzubieten.

Plötzlich öffnete ein indischer Diener lautlos die Tür und steckte den Kopf durch den Spalt: »Exzellenz, Ihre Frau …«

»Was soll mit meiner Frau sein? Raus hier!«

Der Polizist setzte erneut an: »Ich stelle niemanden in Frage, ich führe lediglich meine Ermittlungen durch, das ist alles.«

»Sapperlot! Sie nützen die Schwäche der administrativen Einrichtungen in der Provinz sträflich aus und beschmutzen …«

»Ich beschmutze niemanden.« Er blickte seinem Gegenüber in die Augen: »Manche beschmutzen sich auch trefflich selbst, Exzellenz.«

»Was wollen Sie damit andeuten?«

»So etwas würde ich mir nie erlauben.«

Der Gouverneur schluckte schwer: »Unter diesen Mohren finden sich genügend Kriminelle …«

»… um den Mord irgendeinem x-beliebigen armen Teufel unterzuschieben, der nicht satt zu essen hat? Danke für die Anregung, sie gereicht einem großen Diener des Empires zur Ehre! Was indes mich betrifft, so bin ich bloß ein bescheidener Beamter und …«

»Sie wissen gar nicht, wie Recht Sie da haben. Es ist an der Zeit, Sie an Ihre Pflichten zu gemahnen, sapperlot! Dieser Coroner, den ich aus Lucknow angefordert habe, wird in Kürze hier eintreffen. Sie werden fürderhin unter seiner strengen Aufsicht arbeiten.«

»In Kürze wird meine Ermittlung abgeschlossen und mein Bericht in sichere Hände gelegt sein.«

Des Gouverneurs manikürte Hand legte sich auf die lederne Unterlage seines Schreibtischs. Noch zögerten die Nägel, über das Leder zu kratzen.

Peabody öffnete einen Knopf seiner Weste. Er schwitzte wie ein Zebu unterm Joch auf einem Reisfeld, als er die Faust auf den Schreibtisch sausen ließ: »Jetzt hören Sie mir mal gut zu. Ich erfreue mich bester Gesundheit, meiner Korpulenz zum Trotz. Sollte mir irgendein Unglück zustoßen – etwa dass mich ein durchgehendes Gespann über den Haufen fährt, und ich bin wahrlich nicht mehr der Behändeste, dass mich ein mit Gin abgefüllter Mörder unversehens absticht, dass ich bei einer ausgearteten Schlägerei von einer Bande junger Strolche erdolcht werde oder grundlos bei mondloser Nacht in den Fluss falle –, dann würde ein umfassendes Duplikat Ihrer privaten, Ihrer sehr privaten Buchhaltung, die sich an einem über jeden Verdacht erhabenen Ort in Sicherheit befindet, in die Amtsräume des Vizekönigs geschickt. Samt Abschriften an diverse Zeitungen. Es geht darin um Eigentümlichkeiten bei Problemen ... im Umfeld des Eisenbahnbaus. Dabei wurden die öffentlichen Belange wie auch das Gesetz schamlos verhöhnt. Sie sollten also über meine Gesundheit wachen. Sie ist für Sie ebenso kostbar wie für mich. Ich empfehle mich ergebenst, Exzellenz.«

Die beiden Männer tauschten hasserfüllte Blicke.

Wetterleuchten zuckte über den fernen Horizont. In die klebrig-feuchte Nacht hinein quakten die Kröten mit dem wahnwitzigen Eifer eines irren Orchesters, das seinem Dirigenten entglitten ist. Der schmächtige Greis, der die Punkahschnur zog, war eingeschlafen und kurz davor, umzukippen, und der geflochtene Fächer hing reglos von der Decke. Über die Wand wanderte eine Kolonne Ameisen.

Eine Flasche Brandy stand auf dem Sektionstisch, der an

diesem Abend noch sauber und ordentlich war. Es mangelte eindeutig an Kundschaft. Hemdsärmelig, den Kragen geöffnet und die Frisur zerzaust, trank der Arzt direkt aus der Flasche.

»Was für ein verdammter Horror! Ein Land des Grauens, bevölkert von Ghuls, leichenfressenden Dämonen und Nachtmahren, von unseligen Geistern, die um die Scheiterhaufen herumspuken! Kali Ma, wohlwollende Mutter mit der Schädelkette, die du auf Leichenbergen tanzt, komm mir zu Hilfe. Aber treten Sie doch ein, Inspector. Machen Sie es sich bequem. Was bringen Sie mir diesmal? Aufgeschlitzte Schwangere, gepfählte Säuglinge, im Ofen geröstete Föten? Liegt Ihnen so sehr daran, mit anzusehen, wie ich mich auf verweste Eingeweide übergebe?« Er lachte bitter, während er mit einem Skalpell spielte: »Trinken Sie einen Schluck, und hören Sie auf, den Totengräber zu geben, Sie sind ja noch düsterer als ein verfluchter Mullah, Herrgott noch mal!«

Der massige Inspector packte ihn an der Schulter. Der junge Mann schreckte hoch und verletzte sich dabei, schien es aber nicht einmal zu merken.

»Doktor, Sie quälen sich selbst. Sie verschlimmern Ihre Leiden nur noch. Kehren Sie doch heim nach England, wenn Sie das Land nicht ertragen, das ist ja keine Schande.«

»Lassen Sie mich in Frieden, dreckiger Polyp!«

»Ein dreckiger Polyp, der mit sämtlichen Schweinereien der menschlichen Natur bestens vertraut ist. Übrigens, diesem Krankenhaus fehlt es an Medikamenten, Material, geschulten Helfern. Sie brauchen sich für nichts zu rechtfertigen, oder zumindest für kaum etwas. Und trotzdem, wissen Sie eigentlich, dass einige von den Krankenpflegern den Patienten kostenlose Arzneimittel verkaufen? Dass andere das Recht auf die Zuteilung eines Bettes versilbern? Sie sollten da mal Ordnung schaffen.«

Der Arzt trank abermals direkt aus der Flasche. »Wozu? Andere werden dann das Gleiche machen.«

Peabody troff vor Schweiß und kratzte sich durch das Hemd den Nabel, wobei er einen Furz zurückhielt. Anschließend zerquetschte er eine beachtliche Spinne, die gerade aus einem Abfluss kroch. »Doktor, wir alle sind nur Strohhalme, die von Kindern auf das Wasser eines Sturzbachs geworfen werden.«

»Bis wir schließlich in den Großen Ozean gelangen! Man könnte meinen, Indien hätte Ihnen eins auf die Birne verpasst wie einem von diesen verdammten Esoterikern mit Bowler, von denen es in Europa wimmelt. Ersparen Sie mir Ihr albernes Geschwätz. Sie enttäuschen mich. Trinken Sie!«

»Diese Welt wird uns für alle Zeiten unergründlich bleiben. Indien übersteigt alles ...«

»Lassen Sie mich in Frieden!«

»Und Sie? Denken Sie etwa, in London hätten Sie weniger abstoßende Leichen zu obduzieren? Und dass das Elend dort erträglicher wäre?«

Der Arzt trank einen endlos langen Schluck: »Lassen Sie mich in Ruhe.«

Mit geschwollenen Lidern und ausdruckslosem Gesicht machte Peabody sich davon.

In dem Garten mit der vertrockneten Wiese und den verdorrten Blumen kauerten Hausknechte, den Dhoti gerafft, um ein Reisigfeuer. Peabody setzte sich neben sie auf einen Stein, zündete sich einen Zigarrenstummel an und begann ein Gespräch. Ein eiskalter Schauer schnitt ihm durchs Gedärm.

Zwei Kerzen in einem silbernen Kandelaber beleuchteten spärlich das fensterlose Arbeitszimmer voll kalten Tabakrauchs. Hinter dem Gouverneur stand, wie aus dem Ei gepellt, sein Sekretär und massierte ihm bedächtig die Schultern. Noch immer recht nervös, seufzte der hohe Beamte vor Wohlbehagen: »Dieser widerliche Inspector Peabody ...«

»Entspannen Sie sich, Exzellenz.«

»... ein vulgärer Mann von niederer Herkunft ist das. Haben Sie seine Tierzähne bemerkt? Der versteht sich nur auf eines: All diejenigen zu beschmutzen, die ihm von Natur aus überlegen sind, durch Geburt und durch Begabung.«

»Wir brauchen ihn und seinesgleichen nun mal, Exzellenz.«

»Er ist eine Schande für die öffentliche Verwaltung, sapperlot!«

»Entspannen Sie sich. Darf ich Ihnen helfen, Ihre Jacke abzulegen?«

Mit einem gewissen Ekel betrachtete der Sekretär, der weiterhin hinter dem Sessel stand, das quer über den von braunen Flecken übersäten Schädel gepappte pomadige Haar.

Der Gouverneur schwieg, während die geschickten Finger des Sekretärs an seiner Wirbelsäule entlang wanderten, und stieß dann gepresst aus: »Dieser Mann ist durch seinen Verkehr mit den Einheimischen völlig verdorben – von denen er eine empörende Vertraulichkeit übernommen hat. Er ist geschwätziger als ein Ire ... oder ein Franzose!«

Der Sekretär schauderte bei dieser Vorstellung, die grauenhafter anmutete als die blutige Einnahme Delhis durch die aufständischen Sepoys ein halbes Jahrhundert zuvor.

Die Zunge schnalzte am Gaumen, und der Kopf fuhr in einer kategorischen Bewegung nach hinten. Der aus vier Haaren bestehende Schnurrbart sträubte sich. Nein, Miller Memsahib sei nicht zu sprechen, im Übrigen empfange sie keinen Besuch.

Kurzatmig trompetete Peabody dem Zerberus ins Gesicht: »Du hast die Wahl, oh Herr der Pforten: Entweder du nimmst diese beiden Annas an, oder ich versohle dir dein hässliches Hinterteil mit Fußtritten.«

Der Dienstbote streckte die Hand aus und wich zurück: »Ich werde ihr Bescheid sagen. Sie schläft. Sie wird fuchsteufelswild sein und mich schlagen.«

Abermals streckte er die Hand aus, in die Peabody sogleich zwei Annas hineinlegte.

Der Geruch nach Mäusekot war förmlich zu greifen. In Morgenrock und Pantoffeln schlurfte Mrs. Miller mit gerümpfter Nase heran. Sie wirkte erschöpft: »Mister Peabody, welche Torturen wollen Sie mir denn noch auferlegen? Werden Sie jemals damit aufhören? Sie haben meinen Schlaf gestört, einen Schlaf, in den ich nur unter größter Mühe finde …«

»Sie sehen mich untröstlich.«

»Sie wissen doch bereits alles! Warum kommen Sie schon wieder her?«

»Lassen Sie uns, Mrs. Miller, gewisse Punkte, die sich mir entziehen, noch einmal ins Auge fassen. Apropos, wo ist eigentlich Miss Jones?«

»Ausgegangen, Inspector. Im Übrigen würde ich es liebend gerne sehen, wenn Sie meine arme, ohnehin schon so mitgenommene Nichte aus all dem heraushalten würden.«

»Genau das wird nun leider unmöglich sein. Ihre *arme Nichte,* wie Sie sagen, bleibt gewissermaßen eine Schlüsselzeugin, oder besser besagt, eine entscheidende *Nichtzeugin.*«

»Ziehen Sie sie da nicht mit hinein.«

Peabody sah die langen aschblonden Haare und die glänzende Nase wieder vor sich. Er malte sich aus, wie er die Nichte mit seinem Stachel pflügte. Feurig schlang sie ihre Beine um seinen Rücken, und ihre Zunge wand sich um die seine. Ihre Nägel kratzten sanft seine Lenden. Wie durch ein Wunder war er jung und schmal, ein ätherischer Jüngling, und gleichwohl er selbst, Josaphat Mencius, der ewige Liebhaber.

Er räusperte sich und schluckte schwer: »Mrs. Miller, Ihr viel zu früh verstorbener Gatte ist zweifelsohne von einem dieser Taugenichtse stranguliert worden. Gleichwohl …«

Die Witwe blieb völlig ungerührt. Sie kramte in einer ihrer Taschen und schluckte eine Tablette. Ein Diener stürzte mit einem Glas Wasser herbei.

»Gleichwohl bin ich unschlüssig, was die tatsächliche Todesursache angeht.«

»Habe ich Ihnen denn nicht buchstäblich eingehämmert, dass er kurz vor meiner Rückkehr an jenem unheilvollen Abend erdrosselt wurde?«

»Mrs. Miller, bei all dem besteht dennoch eine kleine Sonderbarkeit fort. Die Autopsie hat aus dem Magen Ihres Gatten eine beachtliche Menge Arsen zutage gefördert.«

»Was geht mich das an? Er konnte doch wohl zu sich nehmen, was er wollte, ob Gin, Brandy oder … wie sagten Sie noch?«

»Arsen, Mrs. Miller.«

Peabody sprach das Wort besonders deutlich aus, während er sich Stirn und Hals mit seinem riesigen Taschentuch abtupfte:

»Im Glauben, dadurch länger zu leben, ihre Ausdauer und Widerstandsfähigkeit zu steigern oder eine frische Gesichtsfarbe zu behalten, frönen etliche Leute in Europa dem Missbrauch von Arsen, allerdings in recht kleinen Dosen. Holzfäller, Tiroler Bergbewohner, Studenten, Frauen liederlichen Lebenswandels …«

Mrs. Miller stieß gepresst hervor: »Inspector, lassen Sie doch bitte Ihre Schändlichkeiten!«

»… nehmen es in unterschiedlichen Mengen ein.«

Plötzlich wurde seine Stimme schneidend: »Hatte Ihr Gatte dieses Laster? Sollte er es bei der Dosis übertrieben haben?«

»Soweit ich weiß, nein.«

»Obendrein hätte das Quantum, das er zu sich genommen hat, ausgereicht, einen Himalaya-Yak umzubringen; selbst ein im höchsten Maße Süchtiger schluckt nicht so viel …«

Mrs. Miller ließ ein falsches Lachen vernehmen: »Sie scheinen sich auf Suchtmittel ja gut zu verstehen, Mister Peabody. Haben Sie sie alle ausprobiert?«

»Das sollte Sie wohl kaum kümmern, gnädige Frau. Ich bin nicht hier, um mit Ihnen meine Gewohnheiten zu besprechen«, entgegnete Peabody mit Grabesstimme. »Im Klartext: Ihr Ehemann wurde vergiftet.«

Er betrachtete Mrs. Millers Pantoffel und ihren hageren Knöchel, der unter dem ausgeblichenen Stoff des Morgenmantels zitterte. Ingenieur Millers veruntreutes Geld war nicht für Geschenke an seine Gemahlin bestimmt gewesen, zumindest dessen konnte man sicher sein, denn sie besaß die Eleganz einer armen Frau. Beim Wort »vergiftet« hatte sie einen kleinen Schrei ausgestoßen, und den hierauf eilig erschienenen Dienstboten verjagte er mit einem furchtbaren Blick.

Mrs. Miller war ganz in sich zusammengefallen. Ihre flache Brust hob sich schwer, und ihre Stimme brach, so als stünde sie kurz davor, loszuschluchzen, doch ihre Augen blieben trocken. Die Hände hinterm Rücken verschränkt stapfte Peabody, den Bauch glorios voran, um sie herum.

Mit fast unhörbarer Stimme begann sie nun zu reden: »Ich war es, die alles ausgeheckt hat. Ich habe meinen Ehemann seit jeher verabscheut und wünschte mir … Sie können ja nicht wissen, was ich erduldet habe. Jahrelang ist mein Leben die Hölle gewesen, ohne dass irgendjemand etwas geahnt hätte, abgesehen von denen, die uns gedient haben.«

»Sie werden als Zeugen aussagen, Madam.«

»Ich hatte weniger Freiheiten als eine dieser völlig abgeschlossen lebenden Moslemfrauen, die zudem noch verschleiert sind, wenn sie zufällig vor die Tür kommen. Bei Empfängen in der Stadt hat mein Mann immer behauptet, ich wäre krank, und mich im Haus eingesperrt. Seine Tyrannei äußerte sich schon bei lächerlichen Lappalien, in Kleinlichkeiten von unglaublicher Armseligkeit, derentwegen er mich unablässig schikanierte. Ich war es, die meine Nichte Jezabel, die Waise ist, zu uns holen wollte, weil ich gedacht habe, ihre Gesellschaft würde mir die grausame Einsamkeit, in der ich mich befand, leichter machen. Als sie dann eingetroffen ist, um bei uns zu leben, wurde alles nur noch schlimmer, und er konnte von da an über zwei Menschen verfügen, um sie ständig zu demütigen.«

»Hat sie denn sonst keine Familienangehörigen mehr?«

»Noch einen Onkel in Ceylon, meinen verwitweten Schwager, der eine Teeplantage bewirtschaftet. Er würde sich um Jezabel kümmern, wenn uns etwas zustoßen würde …«

In sich zusammengesunken, verschwand Mrs. Miller förmlich im Sessel. Lediglich ein einziger Lichttupfer legte sich auf ihre spitze Nase. Peabody versuchte, nicht mehr zu atmen.

»Ich war es, die ihm an jenem Abend das Gift verabreicht hat. Es sollte so aussehen, als ob meinem Mann unwohl geworden wäre. Und ich war es auch, die ihn schließlich erdrosselt hat, denn …«

»… er wollte einfach nicht sterben!«

»Als ich dann später die Einbrecher gesehen habe, war ich zunächst in Angst und Schrecken und habe unter ihren Drohungen den Panzerschrank geöffnet, erst danach habe ich geschossen, denn ich wusste ja, wo der Revolver zu finden war. Einen von den beiden habe ich niedergestreckt, aber der andere konnte fliehen, und zwar mit dieser vermaledeiten Uhr.«

»Und Sie wissen überhaupt nichts über diese Leute?«

»Überhaupt nichts.«

Peabody hob die Stimme: »Hören Sie auf zu lügen. Sie haben deren Dienste in Anspruch genommen, um einen Überfall vorzugaukeln und die Spuren Ihres Verbrechens zu verwischen.«

»Niemals!«

»Ich weiß es.«

»Nein!«

Sie heulte auf und sprang hoch, um mit den Armen heftig durch die Luft zu rudern, ehe sie wieder zurückfiel. Der dicke Polyp rührte keinen Finger. Allmählich bestätigte sich seine Vermutung, dass der Gouverneur auf die Meldung von Millers Tod Handlanger ausgeschickt hatte, um aufzuräumen. Zu klären blieb nur, wer ihn so schnell benachrichtigt hatte. Etwa der Türhüter? Der Inspector hustete schwer. Tief in seiner Tasche suchte er nach einer Zigarre und Streichhölzern. »Madam, ich bin genötigt, Sie aufzufordern, mir zu folgen. Lassen Sie doch bitte eine Droschke rufen.«

Jäh brach die Nacht herein. Die Einzigartigkeit Allahs und den Auftrag seines Gesandten bezeugend, rief der Muezzin die Gläubigen zum Abendgebet. Auf einer Anhöhe schritten Brahmanen um einen Tempel herum und brachten, während Messingschellen ertönten, einem steinernen Lingam die Flamme der Lichtopfer dar. Tonlos leierte der Priester Gebetslitaneien in Sanskrit herunter. Auf der anderen Flussseite fuhr ein Zug inmitten einer Funkengarbe ganz langsam davon, bis er schließlich unter dem Dickicht hoher Bäume verschwand.

In der Kuppel des Pavillons aus der Mogulzeit, der mit seinem abblätternden Mauerwerk über das schnell dahinfließende gelbe Wasser ragte, hing eine Fledermaus. Der Pissegeruch ihrer Artgenossen war deutlich wahrnehmbar.

Die Ganoven waren pünktlich. Shivdas streckte die Beine auf einem Riemenbett aus. Worauf Peabody seine zweihundertfünfzig Pfund auf das Bett fallen ließ und sich an den Rippen kratzte. Die Innenseiten seiner Schenkel juckten: »Sag mal, als ich gerade über den Hof kam, habe ich mir gesagt, dass du nicht alle deine Burschen mitgebracht hast. Der Interessanteste fehlt hier nämlich. Ein vielversprechender Kerl. Du weißt, wen ich meine.«

Shivdas antwortete nicht. Peabody stand auf und trat mehrmals kräftig gegen den Pfosten des Betts, bis es zusammenkrachte. Wutentbrannt sprang der Ganove hoch und wollte sich schon auf sein Gegenüber stürzen, fing sich dann aber wieder:

»Ich rede mit dir, Shivdas, falls du daran zweifeln solltest. Sag mir also, dein Malang da, dieses stumpfsinnige Stück Vieh, das seine halbe Unze Charass am Tag verputzt, nicht mitgerechnet, was er noch wegraucht, welches Amt übt er in deiner ehrenwerten Gemeinschaft aus? Ist er dein Henker?«

»Ich verstehe nicht.«

»Du wirst es verstehen. Dein Malang, also dieser Idiot, der dermaßen herumsabbert, dass er der gesamten Entourage des Gouverneurs einen blasen könnte, und das für weniger als ...«

»Ich habe Beziehungen, Inspector Sahib.«

»Halts Maul! Deine Beziehungen, das bin ich. Droh nie einem Polizeibeamten, mein Junge. Und meine Frage ist ganz einfach: Dein Malang, ist der vom Beruf her, wenn er überhaupt einen hat, Flickschuster, Gerber, Schriftsetzer oder – schlimmer noch – Korrektor? Oder gar Friseur, Barbier, Taubenzüchter, Teeauslieferer?«

»Er war Fleischergeselle. Inspector Sahib. Aber ich habe ihn … Er ist keineswegs …«

»Ich danke dir unendlich, Shivdas.«

Der Fluss wälzte seine schlammigen Fluten durch die Nacht. Pfeifend fuhr ein anderer Zug heran und spie ein Funkenfeuerwerk aus.

Peabodys Stimme erhob sich überaus sanft in der Dunkelheit: »Du solltest deinen Malang im Auge behalten, vor allem wenn er unter einem schwarzen Purdah über die Terrassen spaziert. Er ist sehr geschickt mit seinen Händen, aber wenn er noch länger den Basar der Färber und die Tempelhöfe verdreckt, wird er sich am Ende Scherereien einhandeln. Das könnte deinem guten Ruf und deinen Unternehmungen schaden. Wenn du ihn nicht an der Kandare halten kannst – denn er ist wirklich verrückt, und nicht auf die harmlose Art –, dann soll er sich in einem anderen Bezirk als meinem austoben. Sonst werde ich gezwungen sein, ihn einzulochen. Sollte er dem Galgen entrinnen, wird er bis zum Jüngsten Gericht in der Zwangsjacke sabbern. Und es gibt da noch Schlimmeres, weitaus Schlimmeres, doch wir werden noch Gelegenheit haben, darauf zurückzukommen. Misch nicht zu viel Opium unter dein Charass, Shivdas …«

Sechstes Kapitel

Schockierend!

Der Sekretär des Gouverneurs stampfte mit seinem zarten Fuß auf das Parkett, ehe er wieder ansetzte: »Wenn tatsächliche ernste Verdachtsmomente auf der leidgeprüften Mrs. Miller lasten, und da Sie nun mal ihre Festnahme verantworten wollen, so ist es doch vollkommen unmöglich, auch nur in Erwägung zu ziehen, sie hier zu inhaftieren. Die Karzer hier sind den eingeborenen Verbrechern vorbehalten. Es ist unerlässlich, sie in die Provinzhauptstadt zu überführen, wo angemessene Zellen für diejenigen Briten zur Verfügung stehen, die leider …«

»Und die Erfordernisse meiner Ermittlungen?«

»Ich pfeife auf Ihre Ermittlungen! Sie hätten sie ja einfach nicht festzunehmen brauchen!«

»Aber sie hat doch ein umfassendes Geständnis abgelegt!«

»In dem Fall ist Ihre Untersuchung abgeschlossen.«

Peabody biss sich auf die Lippen. Verstohlen bewunderte der Sekretär seine manikürten Nägel, nachdem er eine kleine goldene Uhr aus der Westentasche gezogen und einen Blick darauf geworfen hatte. »Wie dem auch sei, es kommt nicht in Frage, dass Mrs. Miller in einer Ihrer Zellen schläft. Sie wird noch diese Nacht den Zug besteigen. Morgen früh ist sie an ihrem Bestimmungsort. Und selbstverständlich ist es völlig ausgeschlossen, ihr Handschellen anzulegen. Man möge sie in aller Würde und Unauffälligkeit bewachen, so wie es der Witwe eines Beamten von gewissem Rang geziemt. Lassen Sie ein Erster-Klasse-Abteil reservieren.«

»Aber …«

»Genug. Anordnung des Gouverneurs.«

Der Sekretär läutete. Ein Amtsdiener mit makellosem Turban geleitete den Inspector die Korridore entlang nach draußen, während dieser zwischen den Zähnen gotteslästerlich fluchte.

Als Peabody das Portal des Krankenhauses durchschritt, wurde er von lautem Wehklagen empfangen. Der junge Arzt war soeben an einem galoppierenden Infekt verstorben, der ihn binnen eines Tages dahingerafft hatte. Schuld daran sei dieses unerbittliche Klima, nicht wahr, bei dem selbst die Ureinwohner fielen wie reife Früchte unterm Gewitter.

Die Krankenschwestern hatten den Betrieb des Hospitals in die Hand genommen. Im Wartesaal saßen Dutzende Menschen. Individuen mit zweifelhaften Lappen um den Kopf; nur aus Haut und Knochen bestehende Kinder in den Armen sechzehnjähriger Mütter; Knirpse, welche sich schon fast nicht mehr rührten, mit räudigen Schädeln und viel zu großen, von Fliegen übersäten Augen; alte, sich ständig den Leib reibende Frauen. Ein Krankenpfleger bepinselte eine Wunde, die zu reinigen er sich nicht mal die Mühe gemacht hatte, mit Jodtinktur, doch der Patient schien es zufrieden.

Peabody trat auf die Oberschwester zu, deren Gesicht völlig aufgelöst erschien und die an diesem Tag wie eine alte Frau aussah. Violette Tränensäcke hingen ihr unter den Augen, und ihre stahlgrauen Strähnen standen in alle Richtungen. Jene dank eines schadhaften Fensterrahmens unlängst beobachtete Szene kam ihm wieder in den Sinn. Mit so neutraler Stimme wie möglich sagte er: »Das ist ja furchtbar. Hm … Wie ist das passiert?«

»Der Doktor hat sich neulich mit einem Skalpell geschnitten und es versäumt, sich zu behandeln. Er war …«

»Er war ständig betrunken, wollen Sie sagen?«

Sie pflichtete ihm bei, und er fuhr fort: »Der arme Junge hat sich ständig gequält und nie leben wollen. Das Ganze kommt einem Selbstmord gleich.«

Die gramvolle Mimik der Krankenschwester schien ihm beizupflichten. Betreten wandte Peabody den Blick ab.

Die Fliegen schissen das Bildnis der Kaiserin voll, die Gewehre rosteten in ihren Gestellen vor sich hin, und zu Myriaden quollen Blätter aus aufgeplatzten Akten. In der Ferne rief der Muezzin zum Mittagsgebet.

Der golddurchwirkte weiße Dhoti zeichnete hauteng seinen Hintern ab; seine Schminke lief herunter, doch das trug er mit Fassung. Goldschmied Roknoddin verbeugte sich tief.

»Möge Gott Ihre erlauchten Vorfahren segnen, deren fruchtbarer Same Sie einst gezeugt hat, und möge auch die wohltuende Regierung Ihrer Kaiserlichen Majestät, der Königin Victoria, gesegnet sein! Auf dass der Gebieter aller Geschicke diejenigen blende, die sich weigern, Seinen Glanz zu sehen! Und dass der Honig Ihrer Wohltaten die Bitternis unserer Geschicke lindern möge, Inspector Sahib.«

Zwei Polizeibeamte rahmten den Goldschmied stumpf und zufriedenen Blickes ein. Peabody saugte an seiner Zigarre. Er hatte noch immer am Tod des Arztes zu kauen, dieses so rosigen wie selbstmörderischen jungen Mannes, dessen Gesellschaft er geschätzt hatte: »Apropos Same, du solltest dich besser in der Gewalt haben, Roknoddin Baba, und den deinen nicht zur Unzeit vergießen. Wenn du dich noch einmal in den Büschen des Cantonment mit einem englischen Gymnasiasten zusammen erwischen lässt ...«

»Aber er hat doch eingewilligt! Er wollte nichts sehnlicher, als sich die Unschuld nehmen lassen ...«

»... durch einen Fachmann! Daran zweifele ich nicht, wo ich doch deine naturgegebenen Verlockungen kenne, oh Pfeiler-der-Religion. Dennoch sind die Dinge nicht so einfach, oh Freund der Jugend. Beim nächsten Mal werde ich nichts mehr für dich ausrichten können. He, ihr Burschen! Wo ist eigentlich das Festnahmeprotokoll? Ihr habt es doch hoffentlich noch nicht ins Dienstbuch übertragen?«

Einer der Polizisten reichte ihm ein Blatt, das Peabody nach kurzem Überfliegen in kleine Fetzen zerriss: »Die Nachlässigkeit deiner Landsleute rettet dich!«

Recht zaghaft mit einem Mal senkte der Goldschmied den Kopf und fragte mit zittriger Stimme: »Und die Eltern? Die wollen Strafanzeige gegen mich erstatten!«

»Wie alt war der Junge denn? Hoffentlich nicht erst neun.«

»Aber nein! Mindestens doppelt so alt. Er ist größer als ich.«

»Um die gottverdammten Eltern kümmere ich mich! Falls sie nicht lockerlassen, werde ich ihnen beibringen, dass ihr Sohn mit dir angebandelt hat, und ihnen damit drohen, die Angelegenheit unter die Leute zu bringen! Den Engländern graust es vor Skandalen, das weißt du ja.«

Beruhigt wackelte Roknoddin mit den Hüften, die Lippen wie zum Kuss gespitzt. Peabody wippte derweil, blaurot vor Blutandrang, elegant wie ein Bär von einem Bein aufs andere: »Meide zukünftig das Cantonment. Selbst wenn die Fleischeslust dich treibt! Und beglückwünsche dich dazu, dass du nicht an einen englischen Polypen geraten bist.«

»Aber Sie *sind* doch ein englischer Polyp, Inspector Sahib!«

Peabody verschlug es für einen Augenblick die Sprache, bis er gegen sich selbst zu fluchen begann. Der Goldschmied seufzte auf. Sehnsüchtig dachte er an eine Haut so weiß wie Milch und übersät von Sommersprossen, an hellblaue Augen und an die Haine seiner Wollust.

Unterdessen hockten der leprakranke Bettler und Ashok

der Krüppel, die ohne jeden Zweifel kapitale Enthüllungen zu machen hatten, rauchend auf der Schwelle des Polizeipostens und warteten, bis sie dran wären und vorgelassen würden. Nackte Bettler von weitaus geringerem Stand als dem ihren belästigten sie lautstark.

Der Ofen fauchte. Der Koch klatschte die Fladen zwischen den Händen flach, ehe er sie an die heiße Ofenwand warf. An einem der Tische saß ein Gehilfe und hackte in Windeseile Zwiebeln. Plötzlich platzte ein Sais außer Atem in die Garküche: »Ein Unglück, Inspector Sahib, ein großes Unglück!«

»Rede.«

»Miller Memsahib ist den Polizisten am Bahnhof entwischt … Sie hat sich wie ein Wurm gewunden und ist ihnen aus den Händen geschlüpft, und die Männer haben sich nicht getraut, Gewalt anzuwenden, um sie zurückzuhalten.«

»Ich hätte sie selbst begleiten sollen! Ein unverzeihlicher Fehler, zum Teufel nochmal! Ist sie entwischt? Hat sie das Weite gesucht, ist sie in den Wald geflohen, um dort als ehrbare Banditin zu leben?«

»Nein. Sie hat sich vor den Zug geworfen, der gerade eingefahren ist. Sie war auf der Stelle tot. Ein hässlicher Anblick. Der Körper ist völlig zerfetzt, und überall ist Blut. Es haben sich schon jede Menge Schaulustige zusammengeschart. Was sollen die Polizisten tun?«

»Sie sollen die Neugierigen vertreiben und die Leiche in die Leichenhalle schaffen lassen. Ich komme hin.«

Peabody aß in aller Eile seinen Fladen auf, verschlang in einem Rutsch seinen Teller roter Linsen, spülte sich die Kehle und die Finger der rechten Hand, leerte eine Handvoll Kleingeld auf dem Tisch aus und stürzte in eine vorbeizockelnde Rikscha.

Der Nachmittag schritt voran. In dem über den Fluss ragenden Pavillon aus der Mogulzeit saßen, auf einem Teppich aus verwebten Stofffetzen, Shivdas und seine drei Spießgesellen – die beiden wortkargen Burschen sowie der Malang. Sie rauchten Charass aus ihrer irdenen Wasserpfeife, deren türkisblaue Glasur so moiriert schimmerte wie die Kuppeln Isfahans unter einem von flockigen weißen Wolken durchzogenen Himmel. Der schwere Hanfgeruch vermischte sich mit dem säuerlichen Geruch nach Fledermausurin. Die Ganoven warteten auf Peabody, der auch bald darauf, in seinen Staubmantel drapiert, flink und still wie eine Montgolfiere eintraf. Die geröteten Augen der Raucher tränten.

Nach einem äußerst kurz gefassten Austausch von Höflichkeiten ging Peabody in die Offensive: »Tut mir sehr leid, das Werk des heiligen Harzes durch profane Äußerungen stören zu müssen, Shivdas. Aber unsere Angelegenheiten kommen nicht voran. Du gehst mir auf die Nerven. Zuerst einmal hatte ich dich aufgefordert, deinen Malang fortzuschicken, diesen Irren, der aus Lust und Laune mordet, und nun stelle ich fest, dass dieses brillante Subjekt die Stadt noch immer mit seiner Gegenwart verseucht.«

Rülpsend stieß der Betreffende eine Drohung aus, doch sein Boss brachte ihn zum Schweigen.

Der dicke Engländer setzte erneut an: »Aber wir wollen hoffen, dass dies nicht unabänderlich sein möge, nicht wahr? Ich sags dir nochmals, er wird dir am Ende noch Scherereien einbrocken. Hör mir gut zu: Ich hatte dir neulich schon gesagt, es gäbe da weitaus Schlimmeres als die Ermordung deiner Kleinhändler.«

Der Ganove kicherte, inhalierte einen langen Zug, von dem er nicht einen Hauch wieder ausblies, und hustete dann, während der Polizist fortfuhr: »Ich will ganz offen sein, mir ist eine äußerst unerquickliche Sache zu Ohren gekommen:

Aus sicherer Quelle weiß ich, dass du mit fahnenflüchtigen Sepoys über den Ankauf englischer Waffen verhandelst. Und zwar im Auftrag der Paschtunen an der Grenze. Und ich warne dich: Es wäre besser für dich, wenn diese Verhandlungen erfolglos blieben, denn hier verlassen wir den Rahmen der zivilen Gerichtsbarkeit. Du hast mich verstanden.«

Langsam fuhr er sich mit der Hand über den Hals. Der Bandit bemühte sich, unbeteiligt zu bleiben, und der besänftigende Einfluss des Haschischs half ihm dabei.

Der Engländer setzte wieder an: »Oh, und fast hätte ichs vergessen: Diesen Burschen, der sich von dem Bauerntölpel an einem Feldrain hat abmurksen lassen, du weißt schon, der mit Millers Uhr in seiner Tasche, den kennst du doch, oder? Hat er nicht gelegentlich für dich gearbeitet?«

Das Wasser gluckerte, und die drei Männer rauchten mit ausdrucksloser Miene weiter, doch auf einmal ging Shivdas in die Luft: »Diese Anschuldigungen sind unrechtmäßig! Das geht zu weit! Sie glauben wohl, Sie könnten sich alles erlauben! Der Gouv…«

Er biss sich auf die Lippen. Peabody zeigte ein zufriedenes Lächeln: »Bring deinen Satz ruhig zu Ende. Unrechtmäßig? Stimmt schon, wenn man dich so reden hört, bist du ein rechtschaffener Bürger, der jedwede Ungesetzlichkeit verabscheut. Zeig mir doch mal deine Steuererklärung, wenn du schon dabei bist. Also, du hast gerade den Gouverneur erwähnt? Ist er dein Schutzherr? Dein Boss? Was hast du denn für üble Streiche in seinem Auftrag verübt? Hat er dir völlige Straffreiheit versprochen? Hat er euch etwa damit beauftragt, den Tatort nach Millers Tod zu säubern und kompromittierende Schriftstücke verschwinden zu lassen? Nur seid ihr dabei auf unerwartete Schwierigkeiten gestoßen! Na komm, ich höre.«

Shivdas nahm einen weiteren Zug und hustete. Man hätte

meinen können, seine Augen würden ihm jeden Moment aus den Höhlen treten, als er mit dumpfer Stimme erwiderte: »Sie reden zu viel, Inspector Sahib. Jetzt reichts!«

Auf ein Zeichen ihres Anführers ließen die drei Ganoven, die bis dahin scheinbar teilnahmslos geblieben waren, von ihrer Wasserpfeife ab. Nach einem Moment des Zögerns stürzten sie sich auf den Engländer, rissen ihm Mantel und Jacke vom Leib, schlugen heftig auf ihn ein und fesselten ihn. Der Malang zückte seinen Dolch, schnitt sich einen Schnitz Hanfharz ab, verschlang ihn und begann dann, Peabody eingehend zu mustern, indem er sich glasigen Blickes über die Lippen leckte und die Schärfe seiner Klinge prüfte. Wie ein Kraftmensch auf dem Jahrmarkt ließ er seine Armmuskeln spielen und begutachtete seinen Schnurrbart in einem Taschenspiegel. Ein Faden Speichel rann ihm übers Kinn, und in seiner gelb-grün karierten Hose bildete sich eine Ausbeulung. Dann hagelte es Hiebe. Shivdas und die beiden anderen lachten drohend:

»Ich hatte Sie gebeten, sich nicht in unsere Tätigkeiten einzumischen. Und ich hatte Ihnen schon mehrfach gesagt, dass ich Beziehungen habe. In dieser Stadt besteht ein gewisses Gleichgewicht, das nicht in Frage gestellt werden darf.«

Der alte Engländer war bloß ein Haufen Fett und daher nicht sonderlich hart im Nehmen. Methodisch drosch man ihm in den Magen, die Leber, den Unterbauch, die Genitalien, auf die Knie. Die beiden wortkargen Burschen verprügelten ihn abwechselnd, während Shivdas erneut die Pfeife anzündete und der Malang grunzend und sabbernd masturbierte. Der Inspector gab nicht mehr viel um sein Leben. Er sah sich schon, zur größten Zufriedenheit des Gouverneurs und seiner Clique, in Stücke zerlegt in einem Trog des Färberbasars, gesalbt vom Sperma des Malang, und seinen verwesten Kopf in irgendeinen Tempelhof geworfen. Die Nacht brach herein. Die Hiebe wurden noch heftiger, und schließlich verlor Peabody die Besinnung.

Mitten in der Nacht kam er, allein und immer noch gefesselt, in dem Mogul-Pavillon wieder zu sich. Er war schweißgebadet und stank. Hatte er während seiner Bewusstlosigkeit etwa nicht an sich halten können? Er hatte das Gefühl, sämtliche Fledermäuse der Schöpfung hätten ihn angepinkelt, und ihn schmerzten alle Glieder, aber gut, der Ganove hatte seinen gottverdammten Malang in Zaum zu halten gewusst. Er hatte nicht vergessen, dass die Ermordung eines Polizisten, selbst ohne Vorsatz und gewissermaßen aus Versehen, unweigerlich den Strick einbrachte. Diesmal, tausend Teufel, hätten sich die Schildkröten im Fluss beinahe den Schnabel an seinem Gerippe gewetzt.

Am Morgen wurde er endlich von Vorübergehenden befreit. Die wurden beim Anblick des verschnürten Ingiriss freilich sehr ängstlich; nur mit Müh und Not und gegen das wiederholte Versprechen einer Belohnung, die unverzüglich in Silberrupien zu zahlen war, willigten sie ein, ihn loszubinden. Zwar hatte Peabody überall Schmerzen, auch verspürte er einen unerträglichen Harndrang, doch dann sah er die Sonne rot über dem stinkenden Schlick des Flusses aufgehen, sah die großen Bäume voller Raben, und empfand dabei eine Freude, wie er sie noch selten zuvor erlebt hatte. Selbst das Geschrei der Wäscherinnen, die sich ohne Unterlass zankten, während sie mit Steinen auf die Saris, die Hemden und Laken einschlugen und ihre Wäsche auf dem gelben Ufergras ausbreiteten, klang wie ein himmlisches Morgenständchen in seinen Ohren.

Eine Blumengirlande welkte um den Rahmen eines kitschig grellen Farbdrucks dahin, auf dem ein blauer Krishna abgebildet war, wie er an einem Fluss mit blühenden Uferböschungen Flöte spielte und hellauf verzückt darüber schien, die Gewänder seiner Verehrerinnen beim Bade entwendet und versteckt zu haben. Fliegen brummten über einem Teller mit Süßigkeiten. Derweil saß der Inspector ohne Schuhe, die Zehen fächerig in gelblichen Strümpfen gespreizt, auf einer abgewetzten Matte und klatschte in die Hände. Ein Kind brachte ihm einen Teller Spinat mit Sauerrahm, eine Schale Dhal, einen Berg weicher Fladen, eine halbe Zwiebel, ein Zitronenviertelchen und Mangochutney. Daraufhin klatschte er noch einmal und verlangte nach Chilischoten, um dann endlich befriedigt mit der rechten Hand ein zusammengerolltes Stück Fladen in seinen Brei zu tunken. Schon bald war auf dem Tisch bloß noch ein armseliges Chilischotengehäuse in einem Soßenrest übrig geblieben. Peabody rülpste und wusch sich die Finger unter dem dünnen Wasserstrahl aus der Kanne, die man ihm hinhielt.

Genau in dem Moment platzte barfüßig und mit rasiertem Schädel der Lehrling des Färbermeisters in die Kaschemme, der überall nach dem Inspector gesucht hatte.

»Setz dich, mein Junge. Iss erst mal. Mit vollem Bauch wirst du leichter reden haben.«

In Windeseile stopfte sich das Kind mit Linsen und Fladen voll, wobei es Peabody ohne Unterlass strahlend anlächelte. Dieser bestellte Tee für alle.

»Was ist denn los, mein Junge? Ist alles in Ordnung?«

»Meine Mutter schickt mich, weil ich keine Arbeit mehr habe, seitdem die Werkstatt geschlossen ist. Mein Meister, Sid ul-Cheyr …«

Peabody schlug sich gegen die Stirn und brach in homerisches Gelächter aus: »Gott verdamm mich! Den hatte ich ja ganz vergessen, den Pfeiler der Moschee! Der dürfte noch immer hinter Schloss und Riegel stecken! Es sei denn, er wäre entflohen.«

»Möchten Sie denn, dass er im Gefängnis bleibt? So böse ist er gar nicht. Und meine Mutter will, dass ich meine Arbeit bei ihm wieder aufnehme.«

»Nein. Komm, wir werden ihn augenblicklich laufen lassen.«

Peabody lachte aus vollem Halse, beäugt von einem Dutzend Blicken, die deutlich machten, dass der Ingiriss-Polyp die Grenze zur Unhöflichkeit überschritten hatte. Missbilligendes »Tss, Tss …« wurde laut.

Zwischen den Deichseln trottete ein hagerer Mann mit nacktem Oberkörper, der ein Handtuch um den Kopf und zerrissene Shorts trug. Und während die Rikscha der Polizeistation entgegen fuhr, stellte der Inspector dem Bengel Fragen: »Gefällt dir dieser Färberberuf eigentlich?«

»Ich weiß nicht. Ja.«

»Würdest du gerne zur Schule gehen?«

»Meine Mutter würde mich schlagen.«

»Und wenn sie dich nicht schlagen würde? Wenn jemand die Schule bezahlen und ihr genug Geld geben würde, um euch durchzufüttern?«

»Sie mag die Schule nicht, die nur kostet und nichts einbringt, wie sie immer wieder sagt, aber sie würde mich hingehen lassen … vielleicht.«

Der Rikschazieher machte einen Satz, um einer Kuh auszuweichen, die mit einem Luzernenzweiglein im Maul, von dem ein Schleimfaden herabhing, über die Straße trabte. Bei dem Ruck klammerte sich der Bengel an Peabodys Ärmel. Seine Augen strahlten, und er lächelte übers ganze Gesicht: »Wollen Sie die Schule und das Essen für mich bezahlen? Da braucht man aber auch eine Hose und Schuhe. Und so eine Jacke mit Wappen.«

»Ich will es versuchen, mein Junge. Das dürften wir schon schaffen.«

Der Engländer schniefte und legte die Hand auf den kahlrasierten Schädel des Kindes, der sich zart und warm, nur ein wenig stachelig anfühlte. Der Kleine schmiegte sich an ihn, winzig wie eine Heuschrecke an der Seite eines Kürbisses.

Staub wirbelt um die rote Sonne. Das Polotraining ist in vollem Gange, und die zivilen und soldatischen Zentauren sind am Werk, reiten mit schwingenden Schlägern umher. Rund um den weiten rechteckigen Platz stehen die Gemahlinnen, die Neugierigen und die Lästermäuler auf ihren Posten. Halbnackte indische Bengel mit feurigen Augen hocken in den großen Bäumen, erschrecken die Raben und pfeifen zwischen den Zähnen um die Wette.

Tief gebeugt unter seinem Schlauch aus Ziegenleder, an dem ein Becher aus Weißblech baumelt, geht der Wasserträger von einer Gruppe zur anderen, um mit kläglicher Stimme und in englischem Kauderwelsch seine Dienste anzubieten. Er starrt vor Staub, was ihm eine dunkelbraune Gesichtsfarbe verleiht. Der Zipfel seines schmierigen Turbans hat sich über seinem gedunsenen und schlecht rasierten Gesicht gelöst, er trägt auseinanderfallende Sandalen, und sein beachtlicher Wanst quillt über einen gräulichen Dhoti. Unermüdlich tritt er an ehrgeizige Offiziere heran, an stolze Amazonen, ehebrecherische Gattinnen, korrupte Amtsvorsteher, und lachend jagt man ihn davon. Soll man sich etwa mit dem stinkenden Wasser aus seinem Ziegenleder vergiften? Vielleicht trinkt ja irgendein Stallbursche, der auf seinen Herrn wartet, einen Becher und wirft ihm eine kleine Münze zu. Mit einem gemeinen Lächeln bleckt er die gelben Zähne und scharwenzelt unterwürfig um das Gefolge des Gouverneurs herum, geschniegelte und pomadisierte junge Gecken, die verständnisinnig miteinander lachen. Er versucht, irgendeine kompromittierende Äußerung aufzuschnappen, die sich seinem Gedächtnis in brennenden Lettern einprägen und genügen würde, die Stutzer mitsamt ihren Vorgesetzten zum Roden in den Dschungel zu schicken, samt Eisen an den Füßen. Doch nichts geschieht, die kleinen Schönlinge reden nur über den Regen, der nicht kommen will, und Mrs. Parker mit ihren ausgestopften Vögeln als Kopfputz und den drei Barthaaren am Kinn fragt den Reverend nach dem Thema seiner nächsten Predigt aus. Der junge Mann weiß nicht, wie er sich die Frömmlerin vom Halse schaffen soll.

Auf einmal verstummen die Raben, die Nacht bricht herein, die Zentauren kehren heim, und der Wasserträger verschmilzt mit der Dunkelheit.

Die Telegrafenstation war in einem kleinen roten Backsteinhaus neben dem Bahnhof untergebracht. Nach dem letzten Aufruhr war die Verbindung wiederhergestellt worden, und ein Holzgitter schützte den Vorsteher nunmehr vor eventuellen Angriffen der Menge. Die Nacht war tiefschwarz, in der Ferne kreischten Vögel. Als Peabody unvermutet auf Stiefelspitzen den Raum betrat, weil er hoffte, Gonçalves womöglich bei irgendeiner unrechtmäßigen Beschäftigung zu erwischen, war Selbiger abwesend. Vor einem Morseapparat saß ein indischer Angestellter dösend auf seinem Stuhl, neben sich einen Stapel unerledigter amtlicher Telegramme. Der Inspector fragte sich, ob nicht vielleicht eines davon Disziplinarmaßnahmen gegen ihn einforderte, und suchte hastig den Stoß durch. Auf den ersten Blick fand sich nichts. Doch. Nach seinen dreißig Rohrstockhieben hatte der belutschische Prediger tatsächlich die Dreistigkeit besessen, sich beim Daftar zu beschweren, und in Ermangelung eines Richters an Ort und Stelle war die Sache ans andere Ende der Provinz weitergereicht worden – nie die Stämme im Nordwesten reizen, niemals, unter keinem Vorwand, so lautete eine der goldenen Regeln der Regierung! Desgleichen denunzierte der Brahmane vom Lande, nachdem er sich über Drohungen und Schläge beschwert hatte, aufrührerische und den Belangen des Empires abträgliche Äußerungen von Seiten des Inspectors, welcher sogar so weit gegangen sei, das nahe Ende des British Raj vorauszusagen. Zu alledem verlangte der Mann noch eine Belohnung. Dieser alte Zuhälter, der soll mir bloß nicht mehr in die Pfoten geraten, sonst reiße ich ihm die Eier ab, dachte Peabody. Was Mrs. Parker anging, so war sie Opfer eines unsittlichen verbalen Angriffs geworden. Und eine förmliche Note meldete – als vielleicht allerschlimmstes Faktum – dem District Superintendent, dass er, Peabody, aus für jedermann unerfindlichen Gründen, die indes sicherlich unschicklicher Natur sein dürften, dass er also die Absicht hege, auf eigene Kosten den Färberlehrjungen zur Schule zu schicken. Peabody zuckte mit den Achseln, weckte den Gehilfen, steckte ihm eine Münze zu und ließ sein Telegramm absenden, adressiert an Jezabel Jones' Onkel, der in Ceylon eine Teeplantage bewirtschaftete. Darin forderte er ihn auf, seine Nichte abzuholen oder aber das Geld für ihre Reise anzuweisen. Dann ließ er den Angestellten neben dem amtlichen Papierkram wieder eindösen und die Depeschen, die ihn betrafen, noch schnell zu Boden segeln, unter einen Schrank, wo sie auf ewig schlummern würden.

In der Dunkelheit erkannte er am Waldrand Gonçalves und die beiden Taschendiebe, den mit dem rötlichen Schnurrbart und den anderen, den sechsfingrigen, die Betel kauend auf ihren Fersen hockten und in so langwierige, wie zweifelhafte Verhandlungen vertieft waren. Gonçalves begutachtete irgendwelche Gegenstände, die die beiden ihm einen nach dem anderen reichten, und schrie dann mit schriller Stimme Zahlen. Der dicke Mann widerstand dem Verlangen, hinüberzugehen und sie ein wenig zu piesacken.

Zur selben Zeit, in einem Waschraum, der zwar mit Marmor verkleidet war, doch keine Fenster besaß und entsetzlich überhitzt war, ergriff der Gouverneur ein Stück Seife und tauchte in eine von Löwenklauen getragene Badewanne ein. Kübel kochendheißen Wassers standen rundherum bereit.

Unversehens steckte ein indischer Diener mit Seidenturban den Kopf durch den Türspalt: »Exzellenz, Ihre Frau …«

»Was soll mit meiner Frau sein? Kümmer dich nicht um meine Frau! Hol mir meinen Sekretär her, und zwar flink!«

Schon verschwand der Kopf, und einen Augenblick später trat der junge Mann herein. Der hohe Beamte räusperte sich, während er sich mit einem Rosshaarwaschlappen abrubbelte: »Ich halte es nicht mehr aus, mein Teurer. Ich fürchte …«

»Exzellenz?«

Der Sekretär schien vor allem zu fürchten, ein Wassertropfen könnte seine kunstvoll gebundene Schleife besudeln oder dem Glanz seiner leichten Halbschuhe schaden.

»Glauben Sie, mein Teurer, dass dieser Peabody noch gefährlich werden kann nach der Züchtigung, die ihm unser Freund verpasst hat?«

»Inwiefern?«

»Sie verstehen mich schon. Massieren Sie mir doch bitte schön die Schultern. Können Sie noch etwas heißes Wasser nachschütten?«

»Gefährlich … ja und nein. Zwar verfügt er über gewisse Schriftstücke oder behauptet es zumindest, doch kann er sie nicht ausschlachten, und meiner Meinung nach wird er nicht allzu viel gegen uns wagen. Dafür wird aber der District Superintendent aus reinem Korpsgeist nur allzu erfreut sein, uns die Amtsenthebung zu verweigern. Wir befinden uns also in einer gewissen Pattsituation, Exzellenz.«

Der Gouverneur rutschte im seifigen Wasser hin und her und massierte sich den Intimbereich. Während er unter einem weiteren Kübel heißen Wassers die Schultern wölbte und vor Wohlbehagen brummte, setzte er erneut an: »Sind die Telegramme, in denen wir die Strafmaßnahmen fordern, auf dem Weg?«

»Gewiss. Ich habe einen vertrauenswürdigen Mann hingeschickt.«

»Bestens. Ich bitte Sie, mein Teurer, massieren Sie tiefer.«

»Aber …«

»Tiefer, sag ich doch.«

Der Sekretär, der bereits nasse Ärmel hatte, konnte seinen Blick nicht von den über den Schädel gepappten Haaren lösen, und voller Ekel spürte er die welke Haut seines Vorgesetzten unter den Fingern.

»Tiefer.«

»Aber …«

»Ruhe.«

Um Mitternacht schlief das Cantonment. Die Dienstboten hatten unter munterem Geplauder schon längst ihre Zimmer am Ende des Gartens aufgesucht, und der Bungalow der Millers war verwaist, bis auf Jezabel Jones und Josaphat M. Peabody. Das junge Mädchen raffte den Vorhang hoch, und schon durchflutete Mondlicht das Wohnzimmer, umspielte das Mobiliar und die Ansichten der Westminster Abbey, des Buckingham Palace und der Tower Bridge. Alles war verschossen und staubig. Miss Jones wirkte noch schlanker, wenn nicht magerer und durchscheinender denn je, als sie sich auf der Kante eines Rattansessels niederließ, so als fürchtete sie, zu viel Platz einzunehmen. Dann atmete sie tief durch. Sie hatte ein recht abgetragenes, bis zum Hals geknöpftes Kleid aus brauner Seide an, und ihre Nase glänzte. Peabody verscheuchte die unangebrachten Gedanken aus seinem Kopf, in denen der Lianenleib des jungen Mädchens sich in Stellungen wand, deren Laszivität der Reliefs in den Tempeln Mittelindiens würdig gewesen wäre. Um Haltung zu wahren, zog er ein Notizheft hervor, dessen er sich sonst nie bediente, und leckte eine ganze Weile an der Mine eines kleinen Bleistifts.

»Mein Onkel gefiel sich darin, schönzutun, herumzustolzieren, Streitigkeiten unter Lastträgern zu schlichten. Bei der Verwaltung und sogar bei den Arbeitern hatte er einen guten Ruf. Doch zu Hause war er ganz anders, hart und grausam, und seine ganze Gehässigkeit behielt er uns vor. Meine Tante, die war von passiver Wesensart. Obendrein hatte sie weder Vermögen noch Familie, nichts, was ihr eine Hilfe hätte sein können, und er ließ sich keine Gelegenheit entgehen, sie spüren zu lassen, dass sie in seinen Händen war. Und dann wurde sie noch von ihrer Neurasthenie gequält. Was mich betrifft, so behandelte er mich schlimmer als …«

»Warum hatte er dich überhaupt aufgenommen? Gab es denn da anfangs, von seiner Seite, nicht eine gewisse Anwandlung von Großmut?«

»Meine Tante hatte darauf gedrungen, dass ich bei ihnen lebte. Um sich nicht so einsam zu fühlen, nehme ich an. Sie hatten keine Kinder bekommen, und er schob die Schuld daran seiner Frau zu. Sie litt in einem Maße darunter, wie Sie es sich nicht vorstellen können. Haben Sie Kinder, Inspector?«

»Wie es sich trifft, werde ich wahrscheinlich eins adoptieren. Na ja, wie man eben so sagt. Für seine Bedürfnisse aufkommen. Aber befassen wir uns doch wieder mit deinem Onkel.«

»Er … er bewies gerne, dass er der Herr im Haus war.«

»Willst du damit sagen, dass …«

»Nein, nicht, was Sie denken. Einfach nur eine große Härte in seinen Äußerungen und im Verhalten. Ständige Kleinlichkeiten und Knausereien. Wahre Boshaftigkeit. Worte, die mich verletzten. So was ist nicht schwer bei mir.«

Peabody hatte aufgehört, den Bleistift abzukauen. Stille breitete sich aus. Bis Miss Jones schließlich Tee machen ging.

An der Wand jagte ein Gecko einem Insekt nach. Der Inspector hüstelte, während seine Zigarre im Halbdunkel knisterte. Er hatte das Gefühl, fauligen Atem zu verströmen: »Ich habe telegrafiert. Die Angelegenheit ist geregelt. Du wirst wieder in einen familiären Rahmen zurückfinden, wie man sagt. Ich hoffe allerdings, dass der Onkel, der dich demnächst abholt und nach Ceylon mitnehmen wird, keine gesundheitlichen Probleme bekommt.«

»Warum sagen Sie das?«

»Du hast mich sehr wohl verstanden.«

»Ich weiß nicht.«

»Stell dich nicht so dumm. Komm schon. Du warst es doch, die das Gift beschafft und es unters Essen gemischt hat. Deine Tante trug nur eine Teilschuld an Millers Ermordung, oder gar keine. Höchstens Mitwisserschaft. Ihre Nervenschwäche hat ein Übriges getan. Sie hat dich machen lassen und ist dann in der Erwartung ausgegangen, ihren Mann bei ihrer Rückkehr mausetot vorzufinden.«

»Wie können Sie es wagen!«

Diesmal wollte die Stille nicht enden.

»Und du hast deinen Onkel auch erdrosselt, denn du dachtest, er würde nicht schnell genug sterben. Du hast geglaubt, das Arsen würde schneller wirken. Einer landläufigen Ansicht nach soll es auf der Stelle zum Tod führen. Weit gefehlt, meine Liebe! Es macht seinem Opfer eine ganze Zeit lang arg zu schaffen, oder nicht? Ein oder zwei Stunden lang sondert es eiskalten klebrigen Schweiß ab, erbricht und entleert sich auf recht abscheuliche Weise, nicht wahr? Du schweigst? Verletze ich dein jugendliches Schamgefühl?«

Peabody öffnete ein Fenster.

»Und was das Schnürband betrifft, so hast du es natürlich keineswegs aus einem Korsett deiner Tante herausgerissen, sondern es im Basar besorgen lassen, was dennoch nicht unbedingt diskret war, ja selbst zusammen mit einer ganzen Partie Kurzwaren nicht. Der Vorsatz wird dadurch nur erhärtet. Und selbstverständlich warst auch du es, die diesen Einbrecher niedergeschossen hat, der nach dem Ableben deines Onkels plötzlich aufgetaucht ist … Deine Tante wäre dazu wahrlich nicht fähig gewesen. Weil sie fast umkam vor Angst, hat sie auch den Panzerschrank geöffnet, oder nicht? Du aber, du hast mehr Schneid.«

Wolken zogen am Mond vorbei, streunende Hunde heulten schauerlich, Nachtvögel antworteten einander, der leichte Wind trug den Geruch eines Dungfeuers herüber. In der Ferne waren in der trockenen Nacht Trommeln zu erahnen.

»Wie wurden diese Mordgesellen eigentlich benachrichtigt? Denn rein zufällig sind sie ja wohl nicht hier eingedrungen …«

»Das weiß ich nicht.«

»Hatten sämtliche Dienstboten frei?«

Den Blick gen Himmel, setzte Miss Jones die typische erbitterte Miene von Heranwachsenden auf, denen ein Erwachsener hart zusetzt: »Diese Frage haben Sie mir doch schon tausendmal gestellt! Was soll mich das kümmern?«

»Mich kümmert es aber. Hatten Sie nun frei?«

»Ja … ich glaube … bis auf den Türhüter vielleicht.«

»Woher stammt dieser Türhüter? Ist er Moslem?«

»Nein, Hindu. Ein Rajput aus dem Gujarat, aus einer armen Familie.«

»Donnerwetter, ein Edler, ein Sohn der Sonne! Über welchen Umweg hat dein Onkel den angeworben?«

»Er hatte ausgezeichnete Zeugnisse, vor allem aus dem Umfeld des Gouverneurs. Und nach der Tragödie hat er uns ohne Kündigung verlassen.«

Peabodys kleine Augen zwinkerten: »Er wurde vom Gouverneur empfohlen? Das hätte ich nicht zu hoffen gewagt. Danke, meine Liebe.«

Miss Jones blieb reglos, die gefalteten Hände auf den zusammengepressten Knien. Kleine Schweißperlen glänzten unter ihrer Nase. Ihr Haar hing müde und stumpf herab. Sie schloss die Augen. »Was gedenken Sie jetzt zu tun?«, fragte sie schließlich mit tonloser Stimme.

»Ich? Nichts. Ich habe mich noch nie als Würgeengel gesehen, der hienieden den Auftrag hätte, dem Verbrechen den Garaus zu machen und Gerechtigkeit zu stiften. Ich beziehe mit knapper Not ein Gehalt – ein ziemlich mageres übrigens – und dafür versuche ich, die allseits herrschende Unordnung ein wenig in Grenzen zu halten, was hier in Indien wahrlich keine Kleinigkeit ist. Also werde ich meine Ermittlung in einer befriedenden Weise abschließen und deine verblichene Tante belasten, die uns nicht mehr widersprechen wird.«

»Sie sind …«

Es klopfte an der Tür. Das junge Mädchen stand auf, doch Peabody gebot ihm mit einem Wink, sich wieder zu setzen, und ging selbst öffnen. Ein atemloser Sais reichte ihm einen Brief, den er aufriss und überflog.

Belustigt schlürfte er seinen mittlerweile kalten Tee, die Lippen genießerisch gespitzt: »Auf der Strecke nach Osten kam es zu einer Entgleisung. Das Schotterbett ist teilweise weggebrochen. An die zehn Tote und Verletzte. Der Coroner wird erst in einigen Tagen hier eintreffen.«

»Sie müssten mich zur Zwangsarbeit ins Zuchthaus schicken.«

»Du bist jung, ich gebe dir eine Chance. Sicher, solltest du dich selbst bezichtigen, werde ich nichts unternehmen und meinen Bericht in aller Eile neu schreiben. Und dein Leben wird im Eimer sein. Das musst du selbst abwägen. Ansonsten wird das Verfahren zügig abgeschlossen und ad acta gelegt, sobald alles, was das Ableben deiner Tante betrifft, erledigt ist. Zumal deine Tante, wie ich dich erinnern will, ein umfassendes Geständnis abgelegt hatte. Und was das Ganze für ein Teufelszeug an Papierkram bedeutet, damit könnte man ganze Wandschränke vollstopfen! Aber nichts ist einfach. Du hast einen Mord begangen. Du wirst mit der Erinnerung daran bis ans Ende deiner Tage leben müssen. Vielleicht wirst du jede Nacht Albträume haben, bis zu deinem Tod. Und vor allem wirst du nicht immer so viel Glück haben. Sieh dich vor.«

Der dicke Mann dachte an die Untersuchung, die die Ursachen des Eisenbahnunglücks würde feststellen müssen: Vielleicht war die Entgleisung das Werk fanatischer Hindus – wer immer auf dem Schienenweg reist, eine ebenso tadelnswerte Erfindung wie der Telegraf, welche den Bösen erlaubt, ihre üblen Vorhaben noch schneller in die Tat umzusetzen, geht seiner Kaste verlustig, und ein paar Überspannte könnten es ja für gut befunden haben, die Bahnlinie, die ihre Mutter Indien vergiftete, zu unterminieren; oder aber der Grund für den Unfall war in Ingenieur Millers Unredlichkeit zu suchen und lief auf ungenügend hohe Bahnkörper, nicht hinreichend tiefe Drainagen und allzu weiche Holzschwellen hinaus. Peabody musste innerlich mächtig lachen, als er sich vorstellte, wie der Coroner, völlig verdreckt vom Schlamm der Straßengräben und aschfahl vor Zorn, in der stinkenden Strohhütte eines Streckenwärters kampierte, wie er ohne Kleidung zum Wechseln auf Hilfe harrte und, auf die Eingeborenen fluchend, verzweifelt versuchte, sich einen Tee bringen zu lassen.

Unter der zur Nachtmitte einsetzenden Kühle knackte überall das Holz des Bungalows, im Dachstuhl, den Zwischenwänden, der Freitreppe. Bis auf sie beide, die seit Stunden reglos dasaßen, war das Haus leer. Mäuse fiepten unter der Veranda. Schließlich rückte Peabody seinen Sessel an den der jungen Frau heran, stand dann auf und begann, ohne sie aus den Augen zu lassen, im Kreis umherzustapfen. Er blinzelte.

»Gehen Sie nicht weiter, sonst rufe ich.«

»Sämtliche Bediensteten sind fort. Hier ist keiner mehr zum Rufen.«

»Keinen Schritt weiter. Ich bin Jungfrau, Inspector.«

»Etwas anderes hätte ich auch gar nicht erwartet. Und Sie werden es so lange bleiben, wie es Ihnen beliebt, meine Liebe.«

Peabody warf seinen Zigarrenstummel in einen Spucknapf und beugte das Knie. Dann kniete er sich, schniefend vor Begehren, vor ihr nieder, und hob das leise raschelnde braune Kleid ein wenig an. Verkrampft biss Miss Jones die Zähne zusammen und atmete schwer, von jenen verworrenen Gefühlen der Faszination und des Abscheus heimgesucht, die sie bereits zuvor empfunden hatte. Ihre Knie waren indes nicht mehr so fest aneinander gepresst. Er vergrub sein purpurrotes Gesicht unter der Seide. Sie biss sich auf die Lippen. Er spürte die Hitze, die Müdigkeit, die Auswirkungen der Ruhr wie auch die Entzündung an der Innenseite der Schenkel nicht mehr. Seine Hände legten sich auf die Stiefeletten, berührten sanft die Schnürsenkel – auf denen sie verweilten – und jeden runden Knopf, jeden feinen Riss im Ziegenleder, bis sie endlich die Strümpfe hinaufwanderten, und seine geschwollenen Hände wurden federleicht bei der Berührung der Fesseln und Waden. Das junge Mädchen atmete schneller und schneller. Er bemühte sich, nicht wie ein Stier zu schnaufen, als der Stoff der Haut wich und sein raues Kinn den jungen Schenkel kratzte, während es zur Quelle aufstieg. Er hatte das Gefühl, seine Augen würden ihm gleich aus den Höhlen springen. Mit einem Mal verspürte er Durst. Und Miss Jezabel spreizte sacht die Schenkel und legte ihre Hand mit den zarten Fingern, diese Hand einer Würgerin, auf den breiten Hals des Inspectors, massierte ihm fast unmerklich den Nacken. Die Luft ging Peabody aus, als er geradewegs zum Wesentlichen drang, seine violette, aufgesprungene Zunge vorstieß. Miss Jezabel seufzte auf und begann dann leise in dem Maße zu stöhnen, wie die Zunge des reichlich schwitzenden Inspectors bestimmter und schneller wurde. Er hatte eine Erektion wie ein Elefant. Sie war noch minderjährig. Wenn ichs ihr jetzt besorge, wandere ich in die Strafkolonie. Und dieses Luder ist aasig genug, um mich dorthin zu schicken, diese scheinheilige Rühr-mich-nicht-an.

Jezabel Jones, die sechzehn Jahre alte Mörderin, seufzt, stöhnt, schreit und brüllt zuletzt vor Wollust in die undurchdringliche Nacht, lauter und lauter, in ihren Sessel zurückgeworfen, während sie den kahlen Schädel Josaphat M. Peabodys an sich presst, der, immer noch auf Knien, seine Ermittlung soeben zum Abschluss gebracht hat. Und wie sie nun ihr Kleid aufhakt, verschränkt sie die schmalen Beine mit aller Kraft um die massigen Schultern. Schreit da nicht gerade ein Esel hinter der Hecke? Ein Chor aus Tausenden von Kröten erhebt sich aus den umliegenden Tümpeln mit ihren grünen, von Wasserlinsen erstickten Wassern. Die Brise drückt die Gerüche von Dungfeuern und verrotteten Blumen herab, und für Momente verschleiert eine Wolke, dahingejagt vom heißen Wind, den Mond des Muharram, der elfenbeinern und geheimnisvoll in seiner vollen Pracht erstrahlt.

Patrick Boman

Foto C. Lambert

Patrick Boman wurde 1948 als Kind einer französischen Mutter und eines schwedischen Vaters in Stockholm geboren. Bereits 1950 ließ sich die Familie in Frankreich nieder. Nach einem – nach eigener Einschätzung – wenig fruchtbaren Studium lebte Boman während der Siebzigerjahre auf einer Landkommune in den französischen Cevennen. Nach dieser über ein Jahrzehnt währenden Existenz als Bergbauer versuchte er sich, in die Zivilisation zurückgekehrt, als Supermarktkassierer, Lagerist, Keksindustriearbeiter und in weiteren mehr oder weniger erfüllenden Tätigkeiten. Er bereiste über achtzig Länder, lebt heute in Paris und arbeitet als Chefkorrektor und technischer Redakteur für das Wochenmagazin *L'Express*.

Patrick Boman veröffentlichte Romane, Erzählungen, Reiseberichte und eine Einführung in die Typografie. Seine gewitzte Krimiserie um den gewichtig seinen Ermittlungen nachgehenden Inspector Peabody, die der Indienkenner Boman in der englischen Kronkolonie um 1900 angesiedelt hat, besitzt in Frankreich eine begeisterte Fangemeinde. Über seinen Inspector beteuert der Autor, dieser sei das Ergebnis einer nachmittäglichen Erscheinung: Unverhofft habe ihn die Vision eines dicken, schwitzenden und auf Hindi fluchenden Kommissars überkommen – ein Geschenk des Himmels.

Bibliografie

Die Josaphat-Peabody-Romane:

Peabody met un genou en terre (2000; dt. *Peabody beugt das Knie,* 2006; Taschenbuchausgabe unter dem Titel *Peabody geht in die Knie,* 2007); *Peabody se mouille* (2001); *Peabody secoue le cocotier* (2002; dt. *Josaphat Peabody geht fischen,* 2004; Taschenbuchausgabe unter dem Titel *Peabody geht fischen,* 2006); *Peabody prend de la hauteur* (2005); *Peabody touche le fond* (2006).

»Freundliche Respektlosigkeit und Lachen sind der beste Schlüssel zum Verständnis der Welt.«

Interview mit Patrick Boman

Thomas Wörtche: Monsieur Boman, das ist schon ziemlich verzwickt: Ein franko-schwedischer Schriftsteller schreibt einen historischen Kriminalroman, der um 1900 im britischen Indien spielt, also an einem Schauplatz französischer Demütigung des achtzehnten Jahrhunderts. Die handelnden Personen sind ein liebenswerter, aber gleichzeitig widerwärtiger, monsterhafter britischer Polizist, ein schwuler, affektierter französischer Diplomat, ein lüsterner, versoffener irischer Priester und so weiter; die Geschichte ist durchsetzt mit Passagen aus einem Seekriegsroman im Geiste C. S. Foresters, Alexander Kents und Patrick O'Brians, einem Genre also, das beinahe per definitionem anti-französisch ist. Das Ganze auf Französisch, in Frankreich zuerst verlegt und dort auch noch erfolgreich. Wie geht so etwas zusammen?

Patrick Boman: Ich betrachte es als unser Recht, wenn nicht als unsere Pflicht, unsere Kultur kritisch, sogar überkritisch zu beobachten – und andere Kulturen auch! Zurzeit werden wir mit gut gemeinten Blabla-Predigten über den Begriff »Respekt« überzogen und belehrt. Quatsch! Im Gegenteil, Respektlosigkeit (eine nicht-gewalttätige, freundliche Respektlosigkeit natürlich) und Lachen sind wahrscheinlich ein viel besserer Schlüssel zum Verständnis der Welt – einvernehmlich mit der großartigen Redefreiheit, die wir in Europa genießen dürfen, und die auch Blasphemie einschließt.

Aus diesem Grund wird auch niemand verschont in meinem Roman: Die Briten nicht, nicht die Franzosen, und die Inder auch nicht. Man kann sie als Comicfiguren betrachten – oder auch nicht. Nicht, dass ich mir das alles schon von Anfang an so überlegt hätte, es ist einfach passiert.

Die französischen Leser scheinen es zu mögen. Aus Deutschland hatte ich ein sehr positives Echo (»Wie schön, ein französischer Roman, in dem nicht wir die Schurken sind!«). Ein schottischer Verlag zeigte sich erschrocken über die »bösartige Atmosphäre« des Romans, meine englischen Freunde hingegen mögen Mr P.

Sie sind viel gereist in Ihrem Leben. Auch in Indien?

In meinen jungen Jahren bin ich oft durch Indien gereist. Ich habe dort nie länger an einem Ort gelebt, aber alles in allem habe ich mich gut anderthalb Jahre in der ganzen Region rumgetrieben (unter anderem auch in Nepal und Sri Lanka) und bin in die entlegensten Gegenden gekommen. Es gibt also nichts bloß Ausgedachtes in meinen Romanen.

Das heißt, Sie haben Ihre Erfahrungen dort einfach achtzig Jahre zurückprojiziert?

Ich bin davon überzeugt, dass das Land, das ich damals in den 1980ern kennen gelernt habe, sich nicht wesentlich von dem von 1900 unterschied. Überall Kühe. Ich habe einfach Elektrozäune, Telefone, Fahrräder und Kinowerbung aus der Landschaft entfernt; das ergab ein relativ modernes Land mit Eisenbahn, Dampfschiffen und Telegraf – und darunter den riesigen echten Kontinent.

Irgendwo hab ich mal gelesen, Josaphat Peabody sei Ihnen erschienen. Wenn das stimmt, wie war das? Und passiert Ihnen so was öfter?

Die heilige Johanna hat des öfteren Stimmen gehört und der heiligen Bernadette von Lourdes ist die Jungfrau Maria achtzehn Mal erschienen. Aber Mr P mir nur einmal. Ich hab mir gerade den Kopf gekratzt, weil ich mir eine Figur ausdenken musste. Und da war er! Aus heiterem Himmel, fett, schwitzend, an seiner ekligen Zigarre nuckelnd und auf Hindi fluchend. Eine solche Erscheinung, das reicht. Mehr solcher Epiphanien könnte ich auch gar nicht aushalten.

Mögen Sie ihn, diesen ganz und gar nicht politisch korrekten, schmutzigen alten Mann mit den liebenswerten Zügen?

Das Problem hat sich für mich nie gestellt. Ich mag es nur nicht, mit ihm verglichen zu werden. Aber natürlich ist er nett! Sehr menschlich! Er weiß, was die Menschen umtreibt. So wie Dostojewskis Porphyr Porphyrowitsch, Simenons Maigret und der liebe alte Derrick mit seinen hervorquellenden Augen ...

Bei vielen Leuten kommt er ganz außerordentlich gut an. Manche Frauen sind regelrecht fasziniert von ihm; dummerweise habe ich das nie zu meinem Vorteil ausnutzen können. Manchmal höre ich auch: »Ihre Figur ist so gewalttätig, korrupt und außerdem trinkt er zu viel«. Dann sage ich: »In Ihrer Fantasie vielleicht, aber tut mir leid, Sie irren. Na ja, kann mal vorkommen, dass er einem Mörder ein paar Ohrfeigen verpasst. Aber in seiner ganzen Karriere hat er – in einem total korrupten Umfeld – nie einen einzigen Penny für sich abgezweigt, und ein paar Schluck Portwein trinkt er nur alle zweihundert Seiten.« Auch klar, dass ich heftig angegriffen wurde wegen der Stelle, wo er die Gattin eines Verdächtigen erpresst: Sex gegen das Fallenlassen einer Zeugenaussage. Ich muss zugeben, das war *nicht* gentlemanlike.

An einer Stelle will Peabody sogar eine Nonne verführen – eine übliche Männerfantasie? Oder Ihre eigene? Und das in Zeiten religiöser Umtriebigkeiten?

Finden Sie nicht auch, dass Nonnen mit den richtigen Kurven und schwarzseidener Unterwäsche unterm Habit eine klassische Männerfantasie sind? Klassisch, weil sie, wenn ich mich nicht irre, im achtzehnten Jahrhundert begann ...

Peabodys Begehren für Sister Mary ist ja bloß die erste Ebene. Er hat er sich ja wirklich in sie verliebt. Natürlich ist die ganze Situation lächerlich und er kann es nicht einfach zugeben. Auch von ihr kommt ein leichtes Funkeln, zumindest mag sie ihn. Wenn sie abreist und er zum Pier kommt, um sich zu verabschieden, lächerlicher denn je, dann ist das ein wirklich tragischer Moment. Der einsame alte Mann wird seine irische Fee nie wieder sehen, und beide wissen das. Das ist die menschliche Tragödie einer unmöglichen Liebe, kein Comic mehr.

Was finden Sie so faszinierend an Ihrer Kombination von klassischem whodunnit *und* hardboiled-novel?

Der klassische *whodunnit* langweilt mich unendlich; ich bewundere die amerikanischen Meister des *hardboiled.* Aber das ist zu einfach, man kann diese beiden Strömungen nicht leicht auseinander halten. In jeder *hardboiled novel* steckt teilweise auch ein *whodunnit.* Aber literarische Regeln interessieren mich sowieso nicht. Ich habe muss in meinem Alltag so viele Regeln befolgen, dass ich beim Schreiben garantiert keine akzeptiere, da lässt meine wilde und freie Seite keine Beschränkung zu. Ich versuche anständig zu schreiben und nicht zu langweilen. Das ist alles.

Allerdings will ich auf ein bestimmtes Riff mit Sicherheit nicht auflaufen: Diese linken Predigten, die dem französischen Kriminalroman seit den 1970ern so sehr geschadet haben. Das Leben ist nicht politisch korrekt, und man kann vernünftigerweise auch nicht hoffen, etwas Gutes mit politisch korrekten Bandagen zu schreiben. Hammett war ein radikaler Kommunist (und das war damals noch lebensgefährlich), aber er hat nie eine Botschaft gehabt. Dennoch sind seine Beschreibungen der amerikanischen Gesellschaft gnadenlos.

Paradoxe gefallen Ihnen – auch als Lebensmaxime?

Es gibt keine Wahrheit. Der Himmel ist ganz offensichtlich leer. Einbahndenken bedroht uns, diese verdammten drei monotheistischen Religionen sind im Moment hysterischer als je zuvor. Deswegen: Paradoxe sind das Leben! Nichts ist richtig oder falsch, schwarz oder weiß.

Josaphat Mencius Peabody, was für Name! Stimmt die Herleitung im Buch?

Selbstverständlich! Nebenbei bemerkt, es gibt ein paar Tausend Peabodys auf diesem Planeten, aber ich weiß von keinem, der auch noch Josaphat Mencius heißt und der sich glücklich schätzen würde, mich wegen Verunglimpfung des edlen Namens Peabody zu verklagen.

Imperialismus und Kolonialismus – ein hässliches Thema ...

Doch, doch, lassen Sie uns dazu ruhig etwas sagen. Koloniale Situationen waren immer sehr unterschiedlich, je nach Ort und Zeit. Kolonialismus konnte grauenhaft sein und barbarisch (Zwangsarbeit aller Art) oder relativ entspannt – die Dinge sind da extrem kompliziert. Vergessen Sie nicht, dass gerade im neunzehnten Jahrhundert viele prokolonialistische Politiker eher der Linken angehörten, zumindest in Frankreich (»Lasst uns den armen Seelen Zivilisation und Fortschritt bringen«), während es bei der Rechten viele Antikolonialisten gab (»Lasst die Wilden doch in Ruhe, sie sind glücklich, so wie sie sind«).

Ich will dieses Zeitalter nicht positiv zeichnen, ganz und gar nicht; aber ich will auch nicht alles nur schwarz malen. Welche historische Periode man sich auch aussucht: In der gesamten menschlichen Geschichte haben Kolonialismen nie lange gedauert. Das zumindest sollte die Schuld von uns Europäern nicht ganz so schwer machen oder nicht so ewiglich.

In einem der Romane sagt Peabody, dass kein Weltreich, auch der *British Raj,* ewig dauert. Peabody macht seine Arbeit, der offiziellen britischen Propaganda glaubt er kein Wort; aber er kann sich auch kaum vorstellen, dass »eine Hand voll Anwälte und Grundbesitzer Millionen von elenden Menschen zu Freiheit und Glück führen«. Im Jahr 1900 hört sich das doch ganz vernünftig an, oder?

Monsieur Boman, Sie sind mit Ihrer Biografie sehr, sehr zurückhaltend. Warum? Haben Sie was zu verbergen? Oder sollen wir denken, Sie hätten was zu verbergen? Oder treten Sie einfach bescheiden hinter Ihr Werk zurück?

Ich bin überhaupt nicht zögerlich mit meiner Biografie, und zu verbergen hab ich dummerweise auch nichts, aber es gibt einfach nicht viel zu erzählen. Ich gehe zur Arbeit, ich bezahle meine Steuern, ich bin zu dick, ich schmeiße meinem Zahnarzt ein Vermögen in den Rachen. Und so weiter, wie alle Leute. Wir sind ja sowieso alle gleich, in so vielen Aspekten. Meine einzige Eitelkeit ist, dass ich nicht allzu schlecht koche, wenn mir danach ist.

Der Autor ist sowieso nicht wichtig. Die Bücher, die Filme, die Gemälde, die Skulpturen, die Gebäude, die Gärten, die sind wichtig.

Und natürlich müssen die Leser nun wirklich nicht alles wissen. Transparenz, das ist auch so 'n Quatsch. Rücksicht auf Privatsphäre ist ein tragender Pfeiler der Demokratie!

Vielen Dank, Monsieur Boman, für das Gespräch.

Der Übersetzer

Stefan Linster wurde im Saarland geboren, lebte zwischen 1971 und 1983 in Frankreich und studierte Deutsche Philologie, Theater-, Film- und Fernsehwissenschaften und Französisch an der Uni Köln. Er arbeitet seit 1989 als Übersetzer von Romanen (u.a. Orsenna, Kahn, Laurrent), Krimis (u.a. Marie & Joseph, Picouly, Pouy, Manchette), Essays (Garnier, Bégout) sowie historischen Romanen und Erzählungen (Jacq, Sinoué, Tirtiaux, Paillet u.a.).

metro – Spannungsliteratur im Unionsverlag

»Die *metro*-Bände gehören auf jeden Fall zum Besten, was derzeit an sogenannter Spannungsliteratur zu haben ist.« *Michaela Grom, Südwestrundfunk*

Bernardo Atxaga
Ein Mann allein

Lena Blaudez
Spiegelreflex; Farbfilter

Patrick Boman
Peabody geht fischen; Peabody geht in die Knie

Hannelore Cayre
Der Lumpenadvokat

Driss Chraïbi
Inspektor Ali im Trinity College

Liza Cody
Gimme more

José Luis Correa
Drei Wochen im November; Tod im April

Pablo De Santis
Die Übersetzung; Die Fakultät; Voltaires Kalligraph; Die sechste Laterne

Garry Disher
Drachenmann; Hinter den Inseln; Flugrausch; Schnappschuss

Rubem Fonseca
Bufo & Spallanzani; Grenzenlose Gefühle, unvollendete Gedanken; Mord im August

Jorge Franco
Die Scherenfrau; Paraíso Travel

Jef Geeraerts
Der Generalstaatsanwalt; Coltmorde

Friedrich Glauser
Schlumpf Erwin Mord; Matto regiert; Der Chinese; Die Fieberkurve; Die Speiche; Der Tee der drei alten Damen

Joe Gores
Hammett

Jean-Claude Izzo
Die Marseille-Trilogie: *Total Cheops; Chourmo; Solea*

Stan Jones
Weißer Himmel, schwarzes Eis; Gefrorene Sonne; Schamanenpass

H.R.F. Keating
Inspector Ghote zerbricht ein Ei; Inspector Ghote geht nach Bollywood; Inspector Ghote hört auf sein Herz; Inspector Ghote reist 1. Klasse

Yasmina Khadra
Morituri; Doppelweiß; Herbst der Chimären

Thomas King
DreadfulWater kreuzt auf

Bill Moody
Solo Hand; Moulin Rouge, Las Vegas; Auf der Suche nach Chet Baker; Bird lives!

Christopher G. Moore
Haus der Geister; Nana Plaza; Stunde null in Phnom Penh

Bruno Morchio
Kalter Wind in Genua

Katy Munger
Beinarbeit; Gnadenfrist; Miststück

Peter O'Donnell
Modesty Blaise – Die Klaue des Drachen; Die Goldfalle; Operation Säbelzahn; Der Xanadu-Talisman; Ein Hauch von Tod

Celil Oker
Schnee am Bosporus; Foul am Bosporus; Letzter Akt am Bosporus

Leonardo Padura
Adiós Hemingway; Das Havanna-Quartett: *Ein perfektes Leben; Handel der Gefühle; Labyrinth der Masken; Das Meer der Illusionen*

Pepetela
Jaime Bunda, Geheimagent

Roger L. Simon
Die Baumkrieger

Susan Slater
Die Geister von Tewa Pueblo

Clemens Stadlbauer
Quotenkiller

Paco Taibo II
Vier Hände

Masako Togawa
Schwestern der Nacht; Trübe Wasser in Tokio; Der Hauptschlüssel

Gabriel Trujillo Muñoz
Tijuana Blues; Erinnerung an die Toten

Nury Vittachi
Der Fengshui-Detektiv; Der Fengshui-Detektiv und der Geistheiler; Der Fengshui-Detektiv und der Computertiger; Shanghai Dinner

Manfred Wieninger
Der Engel der letzten Stunde

»Köstliche Rarität: Ein schwarzer, afrikanischer Krimi aus Paris.«

Tobias Gohlis, Die Zeit, Hamburg

Einem Illegalen aus Mali ist der Ankauf von falschen Papieren schlecht bekommen, und Detektiv Kalogun soll den Fall untersuchen. Schnell verliert der Ermittler im labyrinthischen Viertel Château-Rouge die Übersicht. Kein Wunder: Kalogun ist gerade aus Afrika angekommen, und er verlässt sich auf den Zufall und auf seine Schutzgötter.

Ein afrikanischer Kriminalroman, ein afrikanischer Autor, und doch eine Geschichte mitten aus Europa: Das Paris der Einwanderer, irgendwo zwischen den Metro-Stationen Clignancourt und Château-Rouge, ist der Schauplatz dieses durch und durch schwarzen Kriminalromans.

Achille F. Ngoye
Schwarzes Ballett in Château-Rouge
Deutsche Erstausgabe
zebu verlag Frankfurt am Main
ISBN 3-937663-02-9